山と言葉のあいだ

石川美子

ベルリブロ

目次

山と言葉のあいだ

遠い記憶の引きだし

山道をゆっくりと歩いていると、なつかしい人の言葉をふっと思い出すことがある。静けさのなかで目にする草花や、曲がりくねった道、はるかな山々が遠い記憶をさそいだし、そっと差し出してくれるかのようだ。

あるいは、長いあいだ忘れていた引きだしが偶然にすこし開いて、思いがけない物がこぼれ落ちてきたかのようでもある。おや、と目をとめて引きだしを大きくあけてみると、なかには子ども時代の宝物のように小さいけれどたいせつな言葉や情景がたくさん入っているのを見つけたといったふうである。

鳥の声や風の音が聞こえてくると、すこしちがった感覚につつまれる。鳥の声であれ音楽であれ、耳を傾けているときはその音に身をゆだね、ひたりこんでいるので、ずっとあとになってその音を耳にすると、かつての気分や感情のなかに一気にもどってゆく気がする。過去の時間のなかへはこばれてゆくかのようだ。

草花や木々や山を目にしたときには、過去の時間がこちらにやってくる感じがする。あるいは、現在の時間のなかに過去の時間が沈静していることにようやく気づいた、というのだろうか。それを見たときの情景や会話が浮かびあがってきて、あのときの言葉は自分のなかでずっと生きていたのだと思い、時のながれにため息をつく。

かつて、ジャン＝ジャック・ルソーも、植物がよびおこす言葉の記憶と、自分の生の時間について、自伝『告白』のなかで語っていた。

一七六四年のことである。ルソーはスイス北西部のクレシエ村に滞在していた。年齢をかさねるにつれて植物への関心をつよめていたルソーは、ある日、植物採集をしようと思いたち、近くの山に登っていった。草むらのあちこちに目を向けながら歩いていると、青い花が咲いているのが目にとまって立ちどまった。その瞬間に、亡き女性の言葉が耳によみがえってきた。

「あら、ツルニチニチ草の花がまだ咲いているわ。」

三〇年まえに、愛するヴァランス夫人といっしょに坂道を歩いていたとき、夫人が道のかたわらに青い花を見つけて口にした言葉だった。そのときのようす、長いあいだ忘れていたできごとが、幸せな情景として鮮明によみがえってきた。ルソーは気づいた。過去の時間は失われてしまったのではなく、ずっと自分のなかで生きつづけており、現在の自分をささえてくれているのだ、と。彼はよろこびの声をあげた。

何年かまえの春先のことである。ある日、家の近くをのんびりと散歩していた。いつもより遠くに足をのばして、知らない静かな住宅街に入ったとき、一軒の家を目にして驚き、立ちどまった。家のたたずまいはごく普通だが、高めの塀にかこまれて、その塀が黄金色の花につつまれていたのである。

ミモザらしかった。近ごろは庭にミモザを植えている家がふえてきて、季節になると塀ごしに花を見かけることがよくあるが、これほどまで圧倒的に、あざやかな黄色に塀がおおわれているのを見るのははじめてだった。驚いて、というより半ばあきれて、塀に近づき、上から下までしげしげとながめた。

すると地面すれすれのところに、べつの花が咲いているのが目に入った。青紫色の花だった。すがすがしい色をしているが、まわりの草花とはどこかちがう雰囲気をたたえていた。はじめて見る花だが、何か言いたげなふうをしているようにも思われた。五枚の花びらはすこし大きめで、花の直径は五センチぐらいあるだろうか。花のさわやかな色と、花びらの大きさとがどことなく不つりあいに感じられた。つる状の茎と葉は意外なほど野性的に力づよくのびていた。

花をじっと見ていると、なんとなく幸せな気分になってきた。何の花だろうと気になり、ちょうど持ち歩いていた小さな草花図鑑でしらべてみた。「ツルニチニチソウ」とあった。これがツルニチニチ草……。「ツルニチニチ草の花が咲いているのね」と思わずつぶやき、ヴァランス夫人のような言いかたをしていると気づいて、ひとりで笑った。

本のなかで読んだだけのヴァランス夫人の言葉が、実際に耳で聞いた声のように、わたしのなかで生きていたのだ。ルソーは、三〇〇年の時間をこえて、幸せな言葉と場面を伝え、残してくれていたのである。

記憶の引きだしのなかには、遠い過去に耳にした声や目にした情景だけでなく、かつて本で読んだ言葉もたいせつにしまわれているらしい。

ラスキンの石の隠れ場

シャモニーは、モンブランのふもとの谷間にのんびりと横たわる小さな町である。

住人数は八五〇〇人ほどにすぎない。だが世界じゅうから観光客や登山客があつまってくるので、季節によっては町の人口は一〇倍にもふくれあがる。そんな時期には町の中心部はたいへん混雑して、商店街は歩きにくくなるし、町のあちこちにあるロープウェイには長い行列ができる。

シャモニー谷の北側には、ギザギザとした赤茶色の岩峰がつらなる「赤い針峰群」が屏風のようにそびえており、谷をはさんでモンブラン山群と向かいあっている。針峰群のひとつであるブレヴァン峰の頂上は、ロープウェイで簡単に行くことができる。標高二五二五メートルの頂上駅のテラスに立つと、正面に大きく爽快にモンブランをながめられるので、人気のロープウェイである。

山麓駅の乗り場へ行くには町から坂道を延々と歩いていかねばならない。かなり急な上り坂がまっすぐ三〇〇メートルもつづいているので、だれもが息をきらす。ときおり立ち止まって、登山をしているみたいだね、と苦笑する。道には木陰のところどころにベンチが置かれており、腰をかけて休んでいる人もいる。横を通りすぎる人と顔を見あわせて、きつい坂ですねというふうに微笑みあったりする。

九月の晴れた日、わたしは何ともなしにそのあたりを散歩していた。住宅街のなかを歩いていたはずなのに、気がつくと坂道の途中に出てしまっていたので、横道に逃げずにそのまま上ってゆくことにした。息をきらして坂の上にたどりつくと、ロープウェイの山麓駅の広場にぶつかった。にぎやかな広場を避けるように左側にまわりこんで、細い道に入ってみた。急に観光客の気配はなくなり、近くの住人がときおり通るだけといった静かな雰囲気になった。

道のかたわらの石壁には、「『ラスキンの石』通り」という名前がしるされている。その横に古めかしい看板があって、「ラスキンの石」まで五分、ブレヴァン峰の頂上まで四時間一五分、と書かれている。五分と四時間一五分とは、ずいぶん極端な表示だなあと思いながら目を上げると、山のほうへ伸びる道のいちばん奥に、ブレヴァンの岩峰が恐ろしいほど垂直にそびえ立っていた。青空に際立つそのみごとな山容を目にすると、思わずため息がもれて、あの頂上まで一五〇〇メートルもの標高差を登ってゆくのだから、なるほど四時間以上かかるはずだと納得した。

「ラスキンの石」という場所があることは、意外というか、不思議な気がした。ラスキンといえば、イギリスのジョン・ラスキンしか思いあたらない。十九世紀の美術評論家であり、ターナーの絵画やヴェネツィアの建築を愛したことで有名な人だ。そのラスキンの「石」が、このシャモニーのさびしい森の中にあるとは、どういうことだろうか。歩いて五分ほどのようだから、行ってみることにした。

ゆるやかな「ラスキンの石」通りをのぼってゆく。かたわらの家々がまばらになって、緑がだんだんと濃くなり、静かな山村の奥道という感じになった。右側に小さな牧草地が見えて、羊や黒ヤギが一五頭ほど、大きな木の下で寝そべったり草を食んだりしている。かたわらに白い犬が、いかにも牧羊犬ですというポーズですわって、羊たちをじっと見守っている。童話のような光景だと楽しい気分になりながら五分ほど歩くと、小さな三叉路にぶつかった。

そこから左のほうに薄暗い山道がはじまっていた。三叉路の角にシャモニー観光局の正式な標識が立てられており、道をまっすぐ進むと四時間四五分でブレヴァン峰に着くと書かれている。さっきの表示より三〇分も長くなっている、とおかしくなった。観光客のために、すこし余裕をもたせた時間設定にしてあるのだろうか。三叉路を左に進むと五分で「ラスキンの石」に着く、とも書かれている。さっきの表示も「五分」だったし、もう五分ほど歩いたというのに、まだ五分かかるとは、とまたおかしくなった。標識の前に立って左の道のほうに目をやると、静寂な森の空気が流れ出してきているのが感じられ、違った世界の入り口が開いているようであった。

暗い森のなかの道を進んでいった。しばらくすると、急にぽっかりと穴があいたように南側の木々がなくなって、明るい草の斜面が広がっているところに出た。目の前にはモンブラン山群の険しい峰々がそびえており、遠くまで見わたすことができる。

そこに「ラスキンの石」はあった。高さが二メートルくらい、幅は五メートルくらいの迷子石だ。迷子石とは、かつて氷河によって運ばれてきて、氷河が溶けて消えたあとに取り残された石のことである。石といっても、一〇メートル以上ある大きな迷子石もすくなくないから、「ラスキンの石」は小さいほうだろう。石の側面には青銅製のメダイヨン（顔の彫刻）が取りつけられており、「ジョン・ラスキン」と刻まれていた。ラスキンはよくここに来て、山々をながめていたという。

人の来ない隠れ場のようなところだった。一〇〇メートルほど眼下にシャモニーの町が広がっている。正面には標高三八四二メートルのミディ針峰がそびえ、そこから右に向かって、「モンブラン゠ド゠タキュル」、「呪われた山」、とだんだん高くなってゆき、いちばん右奥にモンブランの白い円頂が堂々と座している。これらの高峰をラスキンは迷子石の上にすわって、あるいは草地に寝そべって、静かにながめていたのだろうか。そのとき何を考えていたのだろう。

ジョン・ラスキン（一八一九―一九〇〇）は、長大な『近代画家論』全五巻で知られる美術評論家である。とりわけターナーの風景画を賛美し擁護したことで有名であり、ヴェネツィアの街を愛して、『建築の七灯』や『ヴェネツィアの石』といった建築論を著したことでも名高い。ラスキンの名を聞くと、どうしてもヴェネツィアと結びつけて考えずにいられない。

意外なことに、ラスキンはヴェネツィアの街とおなじくらいアルプスの山々も好んで、とりわけシャモニーの地を愛していたらしい。三十六歳のときに、これまで行った場所のなかでもっとも好きなところはどこですかと知人にたずねられて、シャモニーですと答えている。手紙のなかで、こうも書き足している。

「好きな場所として、ただシャモニーというより、もっと厳密な答えをお望みでしたら、わたしとしては、モンタンヴェールの高地と、ブレヴァンの山腹にある小さな岩とどちらにしようかと迷ってしまいます。わたしがもっとも幸せだったのはモンタンヴェールにおいてですが、わたしがもっともよく行ったのは小さな岩のほうです。シャモニーにいるときは、夕方はたいていその岩のところで過ごしているのです」（ブラックバーン夫人への手紙より）。

ここで「小さな岩」と呼ばれている「ラスキンの石」は彼が毎日のように行っていたたいせつな場所だったようである。

ラスキンが「石」にすわっていたころから現在まで、一七〇年ほどの時間が流れた。

そのあいだに、たくさんの人たちが隠れ場をもとめて「ラスキンの石」まで来て、山々をながめていたのだろうか。

フリゾン＝ロッシュの小説『結ばれたロープ』のなかでも、人知れず悩む若き主人公ピエールがその場所を好んでいた、と書かれている。ある日、ピエールをさがしまわる友人のポールにむかって、ピエールの母親が言う。

「たぶん『ラスキンの石』のあたりにいると思うわ。ひとりになりたいときは、そこに行って物思いにふけっているのよ。」

ポールは小道をたどって「ラスキンの石」まで行ってみた。

「遠くから、ピエールのすがたが見えた。草の上に横向きに寝そべり、ひじに頭をのせて、モンブラン山群のほうに向き、考えごとをしているように見える。」

ポールは「やあ、ピエール」と明るく声をかけ、人を避けつづけているピエールを町に連れ出そうとする。はじめは拒んでいたピエールもポールに説得されて立ち上がり、「噛んでいた草の茎を吐きだして」歩きはじめた。

そうか、ピエールは、寝そべって物思いにふけりながら、草の長い茎をかじっていたのか。そのようすが目にうかんだ。そして若きラスキンのすがたと重なった。

ラスキンの時代から現在にいたるまで、小説のなかでも、現実においても、孤独と山を愛する人たちは「ラスキンの石」をおとずれていたのだろう。その人たちのさまざまな物思いは、時をこえて「ラスキンの石」のあたりにずっと留まり、漂いつづけて、この場所に特別な空気をもたらしているのだろう。「場所」には「時間」がつみかさなっているのである。

一八三三年五月のことだった。十四歳だったラスキン少年は、裕福な両親につれられて、はじめてのヨーロッパ周遊旅行に出た。ベルギーからドイツ、そしてイタリアへとまわる五か月間の旅だった。

シャモニーには、旅の終わりにちょっと立ち寄っただけだったので、わずか一日半しかいなかった。運の悪いことに、天気にめぐまれず、雷まじりの嵐の天候だった。何の景色も見えず、がっかりした気持ちで馬車に揺られていると、突然、御者がフランス語で叫んだ。

「あそこに針峰が！」

ラスキン少年が目を上げると、急に雲が晴れて、針峰群が姿を見せたところだった。険しい岩峰の光景に少年は目をうばわれ、その崇高な美しさに呆然となった。

「モンブランの針峰群が、裂かれ、割れ、砕かれて、そびえ立っている。六千年のあいだの嵐の痕跡だ。針峰群はなおそこにある。赤く、露わで、地衣類さえほとんどない。まったく近寄りがたく、雪もない。雪は、このように恐ろしい岩面のまっすぐ切れ落ちたところには留まることはできないのだ。」

やがて森や氷河も見えてきた。

「スイスじゅうで、シャモニーのような景色はほかにない。ほかのどの場所でも見たことがなかった。耕された豊かな繁茂と、万年雪のまばゆい輝き、むきだしで細い尖峰の壮麗さ、うねる氷河の冷たい厳しさなどが、恐ろしく、そして美しく、組み合わさっているのだ。そこには破られることのない沈黙があるのだった」(『一八三三年のヨーロッパ大陸紀行』)。

山々の壮麗な姿を目にして興奮している少年のすがたが目に浮かぶようだ。十四歳の少年がこのような文章を書いたことに驚かされるが、とにかくラスキン少年は山々の景色につよく感動したのだ。この瞬間に、彼の人生が変わったと言えるのかもしれない。それをもたらした「あそこに針峰が!」というフランス語を、少年は二度も旅行記のなかに書きとめている。その言葉と風景は彼の心にふかく刻まれた。年月の流れとともにラスキンはますますシャモニーに魅かれてゆく。そして、生涯で一八回もおとずれることになるだろう。

ラスキン少年はロンドンの家に帰ると、博物学者オラース゠ベネディクト・ド・ソシュールの『アルプス紀行』(一七七九〜九六年)の本を手にとった。夢中になって読みふけり、自分が山々の景観から受けた感動が学問に結びついていることを確信した。ソシュールのように地質学を勉強すれば、自然の風景をよりふかく理解することができるのではないかと考えて、地質学の勉強に熱中した。その成果として、専門的な『自然史マガジン』誌に「モンブランの地層にかんする事実と考察」という論文を十五歳で発表したのである。少年は天才だと称賛された。

その翌年の一八三五年夏に、ラスキン一家は二度めのヨーロッパ周遊旅行に出た。こんどはフランスからスイス、そしてイタリアへとまわる六か月間の旅であり、旅のはじめにシャモニーをおとずれることになった。ジュネーヴから、シャモニー谷の入り口にあるサランシュ村へ向かい、そこでしばらく休んだあと、シャモニーに入るという行程であった。

旅行中におとずれるべき町が多かったので、シャモニーには三日間しかいられなかったが、短い滞在のあいだに、シャモニー谷を一望するバルム峠に登ったり、メール・ド・グラス（氷の海）やボソン氷河を見に行くことができた。十六歳になっていたラスキンは、シャモニーで見る景色ほどすばらしいものはないと確信をつよめた。

そのあとの七年間は、一家はシャモニーをおとずれる機会にめぐまれなかった。だが七年のあいだに、ラスキンはターナーの絵画を知る機会があり、たちまち魅了されて、心酔した。ターナーもまた、ヴェネツィアとアルプスを愛し、その風景をながめて描きだした画家であった。一〇回ほどアルプスをおとずれたと言われている。ターナーは、山を線で写実的に描くのではなく、流れるような色彩や明暗や濃淡によって光や空気を描きだそうとした。朝や夕空のけぶるような山の景色を愛した画家ゆえの描きかただと言えるだろう。そんなターナーの絵画にラスキンが夢中になったのも当然であった。

一八四二年の夏に、ラスキン一家はようやくシャモニーを再訪できることになった。七年ぶりだったので、ラスキン青年はスイスのあちこちを旅行するのではなく、シャモニーに長逗留したいと思った。「地質学的観点からモンブランの岩盤を研究する」という口実で両親を説得し、シャモニーだけに一か月間ゆっくりと滞在することになった。

滞在のあいだ、一家は山歩きのためのガイドをやとった。しかし観光的な散策の案内をしてもらうだけで、普通の滞在客が行き交う道から外れることはなかった。それでもラスキンは、ひさしぶりに見る山々のすがたに感動しつづけ、アルプスの美にますます魅せられていった。

アルプスでの感動は、ターナーの絵からうける感動とふかく結びついた。ラスキンのなかで自然と芸術作品の照応が生まれたのである。当時のイギリスでは、ターナーの画風にたいする批判が起こっており、そうした無理解にラスキンは激しく怒った。自然を理解できない人間にはターナーを理解することなどできない、と反論する。そのような怒りと、山とターナーへの愛をこめて書いたのが、『近代画家論』であった。第一巻は一八四三年の末に出版された。ラスキンは二十四歳だった。

二年後の一八四四年初夏にラスキン一家がシャモニーをおとずれると、前回の滞在のときに案内をしてくれた山岳ガイドが病気になっており、新たなガイドを見つけねばならなくなった。ちょうど、高名なガイドのジョゼフ・クーテがガイド組合を定年退職したばかりだったので、ラスキン一家の専属ガイドにどうかと紹介された。

ジョゼフ・クーテは、一七八七年に博物学者ソシュールがモンブランに登頂したときのガイドのひとり、マリー・クーテの息子であった。ソシュールの著作『アルプス紀行』を愛読していたラスキンにとってはうれしいことだったにちがいない。両親のほうはというと、心配性で過保護だったので、息子が危険な山行をすることになりはしないかと恐れた。クーテは、ラスキンを危険な登攀に連れて行ったりはしない、と約束して両親を安心させた。

クーテとラスキン青年は、あまり険しくない高山をのんびりと歩き、風景や花々をながめて楽しんだ。ラスキンにとっては、それまで見たことのなかった高い峰々の美しいすがたに感動することの連続であった。山々や草木をデッサンしたり、クーテから草花について教わったり、草原で昼寝をしたりして、幸福な一か月をすごした。

クーテが岩を登っているところをラスキンが走り描きしたスケッチが残されている。

そのスケッチを見ると、ふたりのあいだにふかい友情と信頼が生まれていたことがよくわかる。ラスキンの両親も、クーテをガイドとして、人間として、信頼するようになっていた。

一か月後にラスキン一家はシャモニーを発つのだが、クーテの案内でアルプス旅行をつづけることになり、みなでスイスに向かった。ラスキンはシャモニーにもどりたくてたまらなくなり、両親をスイスに残したまま、クーテとふたりでシャモニーに帰って来てしまった。二十五歳にしてはじめて、過保護の両親から自立したのである。

翌一八四五年の四月から、ラスキンとクーテは半年間のイタリア旅行に出かけることになった。ラスキンは『近代画家論』第二巻を書くためにどうしてもイタリア周遊旅行が必要だと考えていたが、そのころ両親はたいへん忙しくしており、息子に同行することができそうになかった。そこで、信頼するクーテを世話役として付き添わせることにしたのである。

ジョゼフ・クーテは優秀な山岳ガイドであるだけでなく、非常に世慣れた人間だった。こまやかな気づかいができたし、話が上手なのでラスキンをたえずおもしろがらせた。「かわいそうな坊やは人生を知らないね」とよくラスキンをからかった。あらゆる町に知り合いがおり、看護師の素養もあった。旅のあいだずっと、クーテはラスキンの両親のように、友人のように、侍従のように、看護師のように付き添って、イタリアの町々のガイドを完璧にこなしたのである。

七月になると、イタリアは暑くなった。フィレンツェの芸術作品に感動したラスキンはフィレンツェに長く滞在するつもりでいたが、だんだんと暑さに耐えられなくなってきた。クーテとラスキンは、逃げるようにモンテ・ローザ峰のふもとのマクニャーガ村に向かう。標高一六〇〇メートルほどにある山小屋に落ち着いて、ようやくラスキンは「ついにわたしの国にいるのだ」とほっとした。この山村で一か月ほどすごすと、彼は元気を取りもどした。

つぎにふたりはヴェネツィアへ向かった。ヴェネツィアにも一か月ほど滞在する予定であったが、しばらくするとラスキンはまた体調が悪くなり、イギリスに帰らざるをえなくなった。ヴェネツィアを発ったものの、三〇キロメートルほど離れたパドヴァまで来たところで、とうとう寝こんでしまった。クーテの看病のおかげでなんとか回復し、ふたりは帰途の旅を再開した。

北イタリアを横断して、スイスに入った。標高二〇〇〇メートルあるシンプロン峠を目にしたとき、ラスキンは急に幸福感につつまれた。モンテ・ローザのふもとのマクニャーガ村で感じたように「ほんとうにわたしの国にいるのだ」とうれしく思った。山の景色がいつもラスキンを救ってくれるのである。

帰り道は、ずっとレマン湖の北側を進んでいった。あるとき、湖の向こうにモンブランが見えた。半年間の旅のあいだいちども目にすることのなかったモンブランが、急にすがたを現したのである。ラスキンは神からの祝福のように感じたのだろう。「わたしだけに向けられた自然の啓示だ」と確信し、明るい気分になって道をつづけた。そしてついに湖畔の道から離れて内陸に入っていかねばならない町まで来た。

「ある晴れわたった午後に、わたしはニョンの町で立ち止まった。そこで道は分かれて、パリのほうへ向かうのだ。わたしはモンブランにさようならと言わなければならなかった」(『プレテリタ［過去］』第二巻の第七章)。

半年間のイタリア周遊旅行のすえにラスキンが最後に別れを告げたのは、イタリアの都市でもレマン湖畔の町でもなく、いちど見えただけのモンブランであった。たくさんの芸術作品を見てまわったイタリア旅行は、モンブランのすがたによって気持ちよく締めくくられたのである。

フィレンツェやヴェネツィアの芸術や建築は、ラスキンに大いなる芸術的感動と知的刺激をあたえたが、精神的な緊張と疲労もあたえたのだろう。それゆえに体調が悪くなったのではないか。疲れをとるには、アルプスの自然をながめて心身をおだやかにする必要があった。自然の美と人工の美を照応させて思索する必要もあった。そうすることで、どちらも崇高な美をもつ芸術作品であると理解して描きだすことができたのだろう。

このようにしてラスキンは、翌一八四六年に『近代画家論』第二巻を出版することができたのだった。

そのころからラスキンは、ヴェネツィアに滞在するときには必ずシャモニーにも立ち寄るという旅をくりかえすようになる。『近代画家論』第二巻を刊行した直後に、両親と半年間のイタリア周遊旅行に出ているが、やはり旅の終わりにはシャモニーに寄って、今までにないほどの喜びにひたっている。そのことを友人で画家のジョージ・リッチモンドへの手紙にこう書いている。

「わたしは今までシャモニーがこれほど神々しい——まったく荘厳で、まったく孤高である——と思ったことはありませんでした。今まで見たものと、どうやっても比較することなどできません。〔……〕あなたがヨーロッパ大陸にいらっしゃるときには、イタリアではなくシャモニーにこそ行くべきです」(一八四六年八月三〇日付の手紙より)。

シャモニーをおとずれるたびに、感動はますます大きくなっていくかのようである。ラスキンにとって、イタリアの芸術を論じるには、シャモニーの山々の風景がどうしても必要になっていた。一八四九年にも長いヴェネツィア滞在をしているが、その前後にシャモニーへ寄っているし、一八五一年にはまずシャモニーに行ってからヴェネツィアへ向かっている。そのようにして、『建築の七灯』(一八四九年)と『ヴェネツィアの石』（一八五一〜五三年）は書かれたのだった。

アルプスの山々は、もはやたんなる自然の美ではなくなっていた。地質学などの科学だけで解明できるものでもなくなっていた。芸術作品のように、ひたすらながめて、賛美し、描きだすべき対象となったのである。一八五六年には、尊敬する博物学者ソシュールについて、ラスキンはこう述べている。

「わたしにはわかった。ソシュールがアルプスへ行ったのは、ただアルプスをながめるためであり、アルプスを心から愛して——まったきアルプスを自分自身よりも、学問よりも、いかなる科学理論よりも愛して——、あるがままに描きだすためだった、ということが」（『近代画家論』第四巻「補遺」）。

ソシュールの名をあげながら、ラスキンは自分自身について語っているのであろう。三十七歳にして彼は自然の愛しかたに確信をもったのである。それゆえ、『近代画家論』の第四巻には「山の美について」という副題をつけたのだろう。「近代画家」を論じる著作に、「山の美」を考察すると宣言するような副題をつけたことに驚かされるが、ヴェネツィアの芸術とシャモニーの自然の両方を愛し、ふたつを並置することによってこそ論じ描きだすことができると信じるラスキンにとっては当然の帰結であった。

彼は二十代のころから直観的に、山々は純粋で神聖であり、「天と地とを結びつけるもの」であると感じていた。「山の美について」の巻ではさらに進んで、山々を「地上の大聖堂」と呼んでいる。

「[山々とは]岩の扉、雲の石畳道、小川と石の聖歌隊、雪の祭壇、星々がたえず横断する緋色の丸天井、それらからなる、地上の偉大なる大聖堂なのである」(『近代画家論』第四巻、第二〇章「山の栄光」)。

ラスキンは「地上の大聖堂」という表現をそれからしばしば口にするようになる。この『近代画家論』第四巻を刊行した一八五六年ごろが、彼にとってもっとも幸福で充実した時期だったのかもしれない。だがすでに失意ははじまっていたのである。

ラスキン一家は、はじめてシャモニーをおとずれたときから「リュニオン」というホテルを常宿にしていた。当時のシャモニーではもっとも高級なホテルであった。作家のジョルジュ・サンドや、音楽家のフランツ・リスト、モンブランに登頂した最初の女性アルピニストのアンリエット・ダンジュヴィルも宿泊したという評判のホテルである。ラスキンの父親は町で最高のホテルに泊まることを信条としていたのでそこに決めたにすぎなかったが、息子のラスキンは「リュニオン」の建築や設備や接待をたいへん気に入っており、家族で旅したときだけでなく、一人で旅行したときも、かならずこのホテルに宿泊するようにしていた。一八三三年から一八五四年までの一二回のシャモニー滞在は、つねにこのホテルであった。

一八五五年七月末にシャモニーの町で大火が発生する。たくさんのホテルが類焼し、「リュニオン」も焼失してしまった。このとき、ラスキンは運がよかったというべきか、シャモニーには滞在していなかった。『近代画家論』の第四巻の執筆で忙しくしていたのである。

町はただちに再建された。多くのホテルは豪華に建てかえられ、近代的なホテルになった。馬車が通行しやすいように道路は広げられた。観光客は激増し、一八六〇年にはナポレオン三世と皇后ウジェニーもシャモニーを訪れたほどであった。このような町の変化に、ラスキンは荒廃と俗悪さを感じずにいられなかった。町が騒々しくなったことで、かつてのように「山の美」を静かに楽しむことができなくなった。「ラスキンの石」にまで町の喧騒が聞こえてきそうであった。

落ち着いて山をながめるために、ラスキンは静かに滞在できる場所をさがしまわった。そして見つけた。一八六三年五月のことだった。シャモニーの町から南側の斜面をしばらく登ったところにある広大な高地牧場が売りに出されたのである。森や岩にかこまれた静かな土地で、敷地内には山小屋も立っていた。町から数百メートルも高いところにあるので、町の喧噪からも俗悪さからも離れて暮らせそうだった。大好きな針峰群やモンブランもよく見えた。まさに理想の土地だと思われた。

ラスキンは大喜びで購入の契約をした。契約はしたものの、まだ支払いは済ませておらず、しばらくのあいだは土地の使用と管理を人にまかせておいた。ところが彼がイギリスに帰っていたあいだに、敷地内にあった樹齢五、六〇〇年の木々が切り倒されてしまったのである。ラスキンは激怒した。地主に「支払いが終われば、土地はあなたのものですが、支払い前はそうではありませんから」と言われてさらに怒り、購入の契約を解消してしまった。

それからはラスキンが毎年のようにシャモニーをおとずれることはなくなった。あれほど愛したシャモニーから遠ざかったのである。その後は、亡くなるまでの三五年間に二度しかシャモニーをおとずれていない。土地問題から一〇年も過ぎた一八七四年秋にイタリア旅行の帰りに立ち寄ったのと、そのさらに一四年後の一八八八年に数日間滞在しただけであった。

ラスキンがシャモニーから遠ざかったのは、土地をめぐる諍いや、観光客たちの喧騒、町の俗悪化が原因であったが、もうひとつ大きな理由があった。アルピニストたちの活躍である。

当時は、アルプスの登攀がきわめて盛んにおこなわれていた時代だった。一八六〇年前後の一〇年間は「アルプス黄金時代」ともよばれ、アルピニストたちは初登頂を競いあって、主要な峰々につぎつぎと登頂していった。

そうしたアルピニストの多くがイギリス人であった。イギリスには、どの国よりも早く一八五七年に「山岳会」が作られて、会員たちはアルプスの山々の登頂を競いあったのである。そんな風潮をラスキンは嘆いた。

一八六四年一二月に、ラスキンはイギリス北西部のマンチェスターで講演をおこない、翌年にはその講演を『胡麻と百合』というタイトルで出版している。講演の内容は、人々に読書を勧めるというものであったが、そのなかにラスキンはアルピニスト批判をすべりこませたのである。

「あなたがたは、自然を見下してきました。すなわち、自然の風景があたえる、深遠で聖なる感覚すべてを蔑ろにしてきたのです。フランス革命はフランスの大聖堂を馬小屋にしましたが、あなたがたは地上の大聖堂を競技場にしてしまいました。」

「あなたがた」とはイギリス人全体をさしているが、この文章ではとりわけ初登頂を競いあっているアルピニストたちを念頭においているように見える。ラスキンが「地上の大聖堂」と呼んで敬愛した山々を踏みにじり、競いあっているアルピニストたちを。

ラスキンの言葉にもかかわらず、まさにその年の六月末に、エドワード・ウィンパーはモンブラン山群のヴェルト針峰に初登頂する。その二週間後には、マッターホルンの初登頂を目指して、イタリア隊と先を争って登っていった。

ウィンパー隊は、イタリア隊に先んじて、一八六五年七月一四日に初登頂に成功した。

ところが下山のときに七人のメンバーのうち四人が滑落死するという惨事が起こった。ウィンパーは責任を追及され、裁判にかけられた。無罪になったものの、ウィンパーへの批判はやまず、彼はアルプスからすがたを消した。その後は、アンデスやカナディアン・ロッキーの山々へ向かい、そこで初登頂の記録を残したようである。

アルピニストを批判したラスキンと、非難されたウィンパーと。ふたりのイギリス人は、おなじ時期にシャモニーから遠ざかったのである。

一八七四年一〇月に、ラスキンは一〇年ぶりにシャモニーをおとずれた。

登山やイタリア旅行をともにした山岳ガイドのジョゼフ・クーテが重病で、死ぬまえにラスキンに会いたがっていると耳にしたからだった。その一〇年前に父を亡くし、二年前には母を失ったラスキンにとって、親のような存在はクーテしかいなかった。ひさしぶりにクーテに会って、再会の喜びをかみしめたが、同時に悲しくもあった。日記にはこう書いている。

「老いたクーテを見るのはなんと悲しいことか。しかも父も母もいないのだ。老いがのしかかってくる。」

クーテと別れねばならない苦痛はさらに大きかった。苦しさと心残りとで胸がふさがりながら、ラスキンはシャモニーを去った。それから二年数か月後に、クーテは亡くなる。クーテの死を知ったラスキンは日記に書いている。

「わたしは疲れた。苦悩と悲しみで胸がいっぱいだ。昔からの友クーテの死はわたしに重くのしかかっている。シャモニーのすべての雪とともに」(一八七七年二月二日)。

べつの文章にはこうも書いている。

「わが古き友、かわいそうな坊やはシャモニーのガイドのジョゼフ・クーテが亡くなった。彼はわたしのことを『かわいそうな坊やは人生を知らないね』とよく言っていた。[……] 三〇年前、彼が五十五歳ぐらいだったときから、楽しい山行になんども連れて行ってくれた」(『フォルス・クラビゲラ』一八七七年三月)。

クーテとの山行の情景を目にうかべ、すると彼の口ぐせも思い出したのだろう。

その翌年に、ラスキンは精神錯乱の最初の発作を起こした。長年の精神的疲労の結果だとも言われている。母親、愛する女性ローズ、クーテと、ラスキンの人生にとってかけがえのない人たちを五年のあいだにつぎつぎと失った悲しみは大きかったのだろう。それからは病の回復と再発とを繰りかえすが、療養のためにシャモニーをおとずれる気持ちにはなれなかったのだろうか。俗悪化し荒廃したシャモニーを見るのを恐れていたのだろうか。

翌一八七九年の夏のことである。ちょうど、弟子のコリングウッドがシャモニーに滞在しており、イギリスにいたラスキンは旅先の弟子に手紙を書き送っている。

「シャモニーは、わたしにとっては荒れ果てた家のようなもので、もう決して、もどることはないと思います。」

もうシャモニーには行かない、と書くラスキンの気持ちはどんなふうだったのか。だが、こうも書いている。

「ブレヴァン峰の下、村から四〇〇メートルのぼったところにある、あの懐かしい古い大石に、わたしからよろしくと言ってください」（一八七九年七月二五日付）。

ラスキンは、まだあの「ラスキンの石」のことを忘れられないでいる。シャモニーでの幸福な日々を思い、その象徴である石を目にうかべて懐かしんでいる。だからこそ、かつての幸せな記憶をまもるためにシャモニーにもどってはならないと頑なに思っていたのだろうか。

一八八二年に、ラスキンはイタリアとスイスをまわる数か月間の旅に出ることにした。信頼する弟子のコリングウッドに付き添われていた。ジュネーヴを通って、サランシュ村まで来る。十六歳のときにシャモニーに行ったとき以来、いくどとなく通った道である。サランシュから、いつものように道を東に進めば、三〇キロメートル先にはシャモニーがある。だがラスキン一行は南の方向に進んで、モン・スニ峠を越え、トリノに入ってしまった。シャモニーを避けるかのように。

ラスキンは、シャモニーに寄らずにイタリアに滞在すると、心身ともに疲労してしまうのではなかったたか。心配したとおり、イタリアを旅しているあいだにラスキンの体調は悪くなった。コリングウッドは、どうにか師をイギリスに連れもどした。

帰国してからも、ラスキンはしばしば発作を繰りかえしたが、仕事はつづけていた。雲についての『空は語る』や、山にかんする『聖なる山にて』といったアンソロジーを組んで出版したり、自伝『プレテリタ』を書いたりした。

一八八八年六月、六十九歳のラスキンは最後の旅に出た。しばしば幻覚に襲われていたにもかかわらず、旅に出れば病は回復するという妄想をいだいていたのか、医者も連れずに出発した。六年前とおなじ道筋で、フランスからイタリアをまわる予定であった。六年前とおなじように、九月初めにサランシュ村に着いた。村に数日間滞在するものの、シャモニーへ行くつもりはなかった。

ある日、ラスキンはサランシュ村をのんびりと散歩していた。夕陽の時間になって、赤く染まった空に、モンブランが輝き映えているのが見えた。その美しい光景にラスキンは呆然となった。そのとき彼の耳に、五五年まえの声がよみがえったのではないだろうか。十四歳ではじめてシャモニーをおとずれたときに聞いた「あそこに針峰が！」という御者の声が。そんなふうに想像してみたくなった。長いあいだ忘れていた声が五五年ぶりに聞こえたからこそ、彼は急に決心したのではないか。もういちどだけシャモニーに行こう、と。

九月一三日の日記に書いている。

「今日、できればシャモニーに行きたい。もういちどだけ。」

翌九月一四日にシャモニーに着く。ラスキンは興奮した。そして幸福感にひたった。

「わたしは老いた目で、二十一歳のときとおなじように、はっきりと見た。ばら色の夜明けと、そして今は、穏やかにたなびき広がる朝もやの上のあの白い山、モンブランを」(九月一五日)。

シャモニーに来ると、ラスキンの体調はよくなった。執筆も再開した。

「モンブランのすばらしい光のなかで、『近代画家論』の「エピローグ」の最後の文を書き終えたところだ」(九月一六日)。

その「エピローグ」のなかで、こう書いている。

「今、シャモニーの雪の晴れわたった平穏のもと、雪の美しさが息を吹きこみ、雪の強さが導いてきた本書のほんとうに最後となるべき文をわたしは書いている。これまでよりも幸福で穏やかな心になって、もっとも素朴に確信している信念を強調することができるのである。」

ずっと避けてきたシャモニーにもどったことで、すべてが変わった。シャモニーこそが、ラスキンに心の平穏を取りもどさせ、生涯をかけた仕事を仕上げることを可能にしたのだろう。そう思いたくなる文章である。

「エピローグ」を書いた二日後に、ラスキンは後ろ髪を引かれる思いでシャモニーを発ち、イタリアへ向かった。アルプスのふもとを旅しているあいだはまだ精神的に落ち着いていたが、ミラノまで来て、ここで山を離れねばならないと思ったとき、憂鬱な気分になった。そしてヴェネツィアまで来ると、またしても精神錯乱の発作を起こしてしまった。イタリア旅行は中断され、彼はイギリスに連れもどされた。そして湖水地方のブラントウッドの家にもどった。

湖畔の家で静かにすごしていると、やや回復した時期もあったが、月日とともに病状はすこしずつ悪化してゆき、やがて話すこともできない放心状態に陥った。そのような状態で、家から出ることなく一〇年あまりをすごし、ラスキンは一九〇〇年に八十歳で亡くなった。

亡くなる前年に、ラスキンの弟子で、のちに彼の伝記を書くことになるフレデリック・ハリスンがブラントウッドの家をたずねてきた。八十歳のラスキンは、穏やかで、優しく、幸せそうなようすだったという。たいていは書斎でゆっくりと本のページをめくって過ごしていたが、ときには長い時間、山を見つめていることもあった。

「さざなみが立つ湖ごしに、コニストン・オールド・マンの青い山々を、静かに、長いあいだ、もはや熱望というよりは憧憬のような遠いまなざしで見つめていた」(ハリスン『ジョン・ラスキン伝』)。

「コニストン・オールド・マン」は、八〇〇メートルほどの低い山であるが、夏には草木が青々とし、冬には白い雪におおわれる。頂上直下には険しい岩壁や湖も散在している。そうした山の景色に、ラスキンはシャモニーの山々を見ていたのかもしれない。「ラスキンの石」からモンブランをながめていたときのような「遠いまなざし」で、湖畔の家からコニストン・オールド・マンの山々をながめていたのだろうか。

一九〇〇年一月に、コニストン一帯にインフルエンザが流行した。ラスキンも感染する。いったん回復の兆しを見せたが、だんだんと心臓が弱ってゆき、一月二〇日に眠りながら静かに亡くなった、とハリスンは書いている。

最後の眠りのなかでラスキンが夢に見たのは、どのような情景だったのだろう。コニストン・オールド・マンの青い山々だったのか、それとも夕陽をうけてバラ色に輝くモンブランだったのか。

それから二五年がすぎた一九二五年七月一九日に、シャモニーのブレヴァン峰の山麓にオート＝サヴォアの県知事や、何人かのフランス人やイギリス人が集まってきた。「ラスキンの石」の除幕式をおこなうためであった。なぜこの年のこの日だったのかは不明であるが、このときに迷子石に「ラスキンの石」という名がつけられ、ラスキンの顔のメダイヨンが取りつけられたのだった。

その後、ラスキンとおなじように静かに山をながめたいと思う孤独な人たちが、この石をおとずれるようになった。小説『結ばれたロープ』のピエールがよく来ていたのは翌年の春のことである。

さらに一〇〇年ちかくがすぎた。ひとりの日本人がふらりと「ラスキンの石」にやってきた。この場所の静かで明るい不思議な雰囲気に心ひかれて、ラスキンとシャモニーについて調べてみたいと思ったのだった。

セザンヌの山とミヨー家の庭

何年か前に、東京からパリへ向かう飛行機のなかで『セザンヌとわたし』という映画を見たことがあった。

「わたし」とは小説家のエミール・ゾラであり、画家のセザンヌとゾラは南フランスのエクサン゠プロヴァンスで幼なじみだったのである。映画は、生涯にわたるふたりの友情と確執をたどったものであった。芸術家の伝記映画にはよくあることだが、セザンヌを自己中心的で偏屈な変わり者として誇張的にえがいていた。絵画についての彼の考えがふかく語られるわけでもなく、映画のなかでときおり見せられるセザンヌの絵は、まるでささいな小道具のように扱われていた。

ため息とともに映画を見終えようとしたとき、画面いっぱいにサント゠ヴィクトワール山の風景がうつしだされた。真っ青な空のなかにどっしりとすわる白い石灰岩の山。セザンヌは、生まれ育った町からよく見えるこの山を愛していた。生涯ずっとこの山をえがきつづけ、油彩画と水彩画をあわせて八〇点以上の作品を残している。一九〇六年一〇月末にセザンヌは六十七歳で亡くなった。サント゠ヴィクトワールをえがくために山へ出かけて秋の雷雨にあい、それでも絵をかくことをやめずに、倒れ、肺炎になったからだという。

うつしだされたサント゠ヴィクトワール山の映像は美しかった。じっと見ていると、ふと、真っ青な空がだんだんとまだら模様になってゆくことに気がついた。山の左半分が紺色をおび、山のふもとで茂る木々は黄色や茶色の四角いタイルのようになっているではないか。いつのまにか山の映像は、セザンヌがえがいたサント゠ヴィクトワール山の絵になっていた。最晩年の作品だろうか、かなり抽象化されている。白と黄と茶と紺の色彩のコントラストがあざやかで美しい。おそらく秋の風景なのだろう。

絵はまたすこしずつ変化してゆく。わずかにピンク色をおびて、真夏の景色であろうと思われる絵になった。つぎに山が白っぽくなったかと思うと、黄土色の四角い大きな家が左手にあらわれた。

それから前景左手の木がだんだんと黒く大きくなり、やがて枝が白く広がって、まったくべつの絵になった。そんなふうに、色とりどりのサント゠ヴィクトワール山の絵がつぎつぎと現われては消えてゆくのをわたしは陶然と見ていた。

いくつもの絵のあとに、これまでになく抽象的な絵があらわれた。かすかに紫色をおびた水色の雲と、そのなかにそびえる白い山。岩や木々が薄紫色に染まる夕方の時間が近づいているのだろうか。山すその木々は黒みをおびた緑色だが、なかには金色に輝いているところもある。やはり秋なのだろう。色の塗られていない白い部分がかなり多いので、彩色された部分がいっそう際立って目にせまってくる。無着色の白い部分を残すのはセザンヌの独特の手法であるが、それにしても白い部分が多すぎる。もしかしたら、この絵はセザンヌの最後の作品なのではないか、未完成ゆえに白い部分が多く残されているのではないか。そんなことを考えたくなるほど、荒々しい命の最後のほとばしりが感じられる絵であった。

その絵を背景にして、映画のエンド・クレジットが流れはじめた。延々とそれがつづき、そのあいだずっとおなじ絵がうつしだされていた。

絵を見つめながら考えた。これほど抽象的な絵をセザンヌがえがいたとは驚きだった。ジュネーヴのジャン゠リュック・ダヴァルという美術史家による『抽象絵画の歴史』という本のことを思い出した。ずいぶん前に読んだ本であるが、抽象画家として最初にあげられていたのがセザンヌだったので、そのときはすこし意外に思ったおぼえがある。本には、何点かのセザンヌの絵があげられていたが、そのなかにこの絵はあったのだろうか。きっとあったにちがいない。この絵こそ「抽象絵画の歴史」の冒頭におかれるべき作品であるという気がする。

セザンヌは具体的な対象を描写しつづけたという点で、抽象絵画をこころみたとは言えないのかもしれない。だが事物の描線よりも色彩を重んじ、色彩によって形をつくりあげていった点では、抽象絵画をえがいたと言えるのではないか。そんなことを考えながらこのサント゠ヴィクトワール山の絵を見ていると、絵のなかからセザンヌの画家としての孤独がにじみ出てくるように感じられた。

いつのまにか映画は終わって、画面は暗くなっていた。それでもなにか残像のようなものが見えはしないか、あるいはべつの絵があらわれるのではないか、としばらく画面を見つめていた。もっと山の絵を見ていたかった。サント゠ヴィクトワール山、とつぶやきながら画面をながめていると、ふと、ずっと以前にも、こんなふうに見えない山に目をこらしたことがあったと思い出した。南フランスの丘の中腹から、遠くのサント゠ヴィクトワール山をさがして、かなたの空を見つめたのである。マダム・ミヨーの家の庭でのことだった。

マダム・ミヨーは、わたしがパリに留学したときに住んでいたアパートの大家さんだった。七十歳をすぎたくらいの小柄な女性で、いつもおだやかな微笑をたたえていた。紫色の小さな花を思わせる静かなひとだった。ふだんはアヴィニョンの郊外にひとりで暮らしており、なにか用のあるときだけパリに出てくるらしかった。

アパートを借りる契約をすませたあと、近くのカフェですこし話をした。わたしが文学を勉強していることを言うと、マダム・ミヨーは自分もソルボンヌで文学を勉強したことや、高校で文学を教えていたことなどを話しはじめた。アルベール・カミュと親交があったこと、サルトルが責任編集をしていた『レ・タン・モデルヌ』誌になんどか小説を寄稿したことなどをひかえめに話してくれた。

借りていたアパートは家具付きで、生活に必要なものはすべてそろっていた。本棚には、マダム・ミヨーの書いた小説が二冊おかれていた。留学一年めのわたしは、授業の予習や論文書きに追われていたので、楽しみで小説を読んでいる余裕はなく、その小説を手に取ってみることもしなかった。やがて二冊の本はほこりをかぶり、それが目に入るたびに後ろめたい思いがしたが、そのうち忘れてしまった。

マダム・ミヨーのアパートに住みはじめて一年近くたったころ、アヴィニョンに遊びにいらっしゃい、と家に招待してくれた。ちょうど南フランスをまわる旅をしたいと思っていたので、アヴィニョンのミヨー家に何日か泊めてもらい、そのあと、ほかの町にまわってゆくことにした。授業や論文提出が終わったあとの七月に出発した。

パリからTGVに乗り、四時間ほどでアヴィニョン中央駅に着いた。駅前のバス広場でマダム・ミヨーに電話し、指示された番号のバスに乗った。バスは街中をしばらく走ったあと、ローヌ川の上に出た。橋の中ほどまで来たとき、数百メートルほど上流に、有名な「アヴィニョンの橋」が見えた。川の真ん中までしかない石の橋で、正式な名前は「サン＝ベネゼ橋」という。「アヴィニョンの橋の上で踊るよ、踊る」という歌を心のなかで口ずさんでいると、バスは対岸に着いた。と思うまもなく、ふたたびべつの橋の上に出た。ローヌ川の中の島を通過していたらしく、だから二つの橋を渡ったのだ。

そのときは、「ローヌ川」と聞いても、たんなるひとつの大河の名前にすぎなかった。いまなら、シャモニーのことを思いながら川を見つめることだろう。モンブラン山系の氷河から湧きでた乳白色の水がシャモニー谷を通りぬけ、一〇〇キロメートルほど先のジュネーヴで青緑色のローヌ川に合流する。それから二〇〇キロメートル先のリヨンで紺色のソーヌ川と合わさり、さらに三〇〇キロメートルほど流れてアヴィニョンにやってくる。シャモニーの氷河の白い水が、すこしずつ色を変えながら六〇〇キロメートルの旅をして、このアヴィニョンの橋の下を流れているのだ。当時は何も知らなかったので、川を見ても川の名を聞いても何とも思わなかった。

バスは対岸にわたり、アヴィニョンの郊外の町、ヴィルヌーヴ゠レ゠ザヴィニョンに入った。この町と、隣接するレ゠ザングルの町は、ローヌ川の河畔から段々畑をゆるやかに上ってゆくような小高い丘になっている。緑でこんもりした丘のいちばん高いところは標高一八〇メートルもあるという。

バスは坂道を上ってゆく。緑ゆたかな住宅街のなかを通りながら、ときおり木々のあいだから遠くの山々が見えたりした。指示されていたバス停で降り、すこし歩くとマダム・ミヨーの家はあった。やはり濃い緑に囲まれた静かなたたずまいで、門を入ると庭の奥のほうに小さな菜園が見えた。

マダム・ミヨーがわたしのために用意してくれた部屋は二階にあった。どっしりした木造りのベッドとたんすが置かれて、落ち着いた雰囲気の居心地のよさそうな部屋だった。窓の外に濃い緑の木々が茂っていた。

ベッドの横の壁には、若い女性の小さな肖像画がかけられていた。美しいけれど内気な感じのひとに見えた。どなたですか、とたずねると、マダム・ミヨーはゆっくりと答えた。いとこのエレーヌよ。すこしためらってから言った。若いときに亡くなったの、アウシュヴィッツで。思いもよらない答えにわたしは言葉を失った。歴史のなかの悲惨だと思っていたことが、急に目の前の現実となって覆いかぶさってきたのだ。

なにも言えないまま、ただ絵を見つめて立ちつくした。マダム・ミヨーも黙っていた。しばらくすると、荷物の片づけが終わったら下に降りてきてね、とさらりと言って部屋を出て行った。そのときのことを思い出すたびに後悔にさいなまれる。たずねたいこと、話してもらいたいことがたくさんあった。でもなにも言えなかった。なんと愚かな沈黙だったことか。後悔のなかで、「エレーヌ」という名とその美しい顔とがくっきりと心にきざまれた。

階下に降りてゆくと、マダム・ミヨーは、庭に出ましょうと明るく言った。菜園まで行くと、歌を口ずさみながら葉っぱを摘みはじめた。何の歌ですかとたずねると、ハーブを摘むときの歌よ、と笑って、菜園のなかをスキップするように歩いた。小さな女の子のようにかわいらしい姿だった。

ハーブ摘みが終わると、庭の端までわたしを連れていった。木々のあいだから、遠くの山々が見えた。マダム・ミョーがつぶやくように言った。あのあたりにサント＝ヴィクトワール山があるのだけど、見えないかしら。そう、セザンヌの山よ。わたしは驚いて、こんなに遠くから見えるのですか、とたずねた。遠いといっても八〇キロメートルぐらいだし、ここは高台だから、白いサント＝ヴィクトワール山がぽつんと見えても不思議ではないでしょう、とほほえんだ。青く澄んだ空のかなたにほんとうに白い山が見えるような気がして、わたしは必死で目をこらした。だが何も見えなかった。

マダム・ミョーは遠くを見ながら言った。むかし、エクサン＝プロヴァンスに住んでいたの。部屋の窓から、毎日、サント＝ヴィクトワール山を見ていたわ。そう話す横顔を見ると、まなざしは真っすぐ一点に向けられていた。いま、マダム・ミョーはサント＝ヴィクトワール山を見ているのだと思った。わたしには見えない山をはっきりと見ているのだ、と。

南フランス旅行からパリに帰ってきて、半年あまりすると、アパートを引っ越すことになった。広くて気持ちのよいアパートだったが、それゆえに留学生にはぜいたくで、家賃がだんだんと重荷になっていた。おなじ建物の上階にちょうど小さな空室が出たので、そこへ移ることにした。

パリの古い建物では、上階にいくほどアパートが小さくなる。二十世紀前半までの建物にはエレベーターがなかったので、下の階のほうが高級で、部屋は広く、天井も高い。のちになって、多くの建物の階段ホールにエレベーターがはめこまれたが、各階の天井の高さと間取りは変えようがないので、やはり下の階のほうが高級なことが多かった。わたしが住んでいた建物の場合、二階から六階までは各フロアーに二軒ずつのアパートがあり、七階には四軒、八階には八軒あった。八階はトイレも共同のいわゆる「女中部屋」であり、物置として使われていることが多かった。わたしは五階から七階に移ったので、部屋の広さは半分になった。

このような上階への引っ越しは、バルザックの小説『ゴリオ爺さん』を思い出させる。ゴリオは製麺業で成功して財をなし、隠退すると、パリのパンテオンの裏手にあるヴォケール館に住んだ。ヴォケール館は賄いつきの下宿で、二階と三階には部屋が二つずつあり、四階には四つあった。ゴリオは、はじめは二階のいちばん広くてぜいたくな部屋で暮らしていたが、ふたりの娘にお金を無心されて財産が減ってくると、二階よりすこし慎ましい三階の部屋に移った。さらにお金が減ってくると、四階の狭い部屋に移り、あらゆる出費をおさえるようになった。それでも娘たちにお金をせびられつづけて、最後は無一文で死んだ。十九世紀のパリという金銭中心社会における悲劇をえがいた小説だともいえる。

わたしの引っ越しの場合は、家賃の安い上階に移るという点ではゴリオ爺さんとおなじだが、七階のアパートは小さいけれども眺めも風通しもとてもよい快適な部屋だったので、むしろうれしい引っ越しだった。マダム・ミヨーの借家人でなくなることだけが残念だった。

引っ越しの日、荷物を運びだしたあと、本棚にぽつんとマダム・ミヨーの二冊の本が残されているのが目に入った。とっさに、この本をいただけませんか、と頼んでみたくなったが、厚かましいような気がして言いだせなかった。数年後になって後悔した。素直に言っていれば、きっとマダム・ミヨーは喜んでくれたはずなのに。あのときは、それがわからなかった。

わたしがアパートを引っ越したあとも、数年後に留学を終えて帰国してからも、マダム・ミヨーはときおり手紙をくれた。ちょっと読みにくい独特な字で、いつも心が和らぐような言葉を書き送ってくれた。寒い冬が近づいたある日に届いた手紙は、こう結ばれていた。「この冬があなたにとって穏やかで心やさしい季節となりますように」。いまでも冬が近づくたびに、この言葉を思い出す。

それから数年がすぎたある日、南フランスから、知らない男性の名の手紙が届いた。マダム・ミヨーの友人らしかった。手紙には、マダム・ミヨーが亡くなったと書かれていた。彼女が生前に書いた小説やエッセーをまとめて本を作りたいので、協力してくれる人をさがしている、とのことだった。マダム・ミヨーの静かな微笑と、アパートの本棚にぽつんと残された二冊の本が目にうかんだ。よろこんで協力させてください、とすぐに書き送ったが、それにたいする返事は来ないまま、月日はすぎていった。本を作る話はうまく進まなかったのだろうか。その男性からふたたび手紙が来ることはなかった。

二〇年がすぎた。マダム・ミヨーのことはすこしずつ記憶から薄れていった。ときおり、手紙のやさしい言葉やおだやかな笑顔がうかんできて、ふっとため息をつくこともあったが、思い出にひたりこむほどではなかった。

その二〇年のあいだに、セザンヌのえがいたサント＝ヴィクトワール山の絵を見る機会がなんどかあった。オルセー美術館に収蔵されている淡い緑色の山、メトロポリタン美術館の青と黄色につつまれた山、チューリッヒ美術館の黒緑色の山、そして東京のブリヂストン美術館の青緑色の山。たくさんのサント＝ヴィクトワール山を見るうちに、セザンヌの晩年の絵、とくに最後の五年間にえがかれた山の絵に心魅かれるようになった。晩年のサント＝ヴィクトワール山の絵には、たんなる山の風景画ではない何かがあった。そう感じながらも、あまりふかく考えはしなかった。マダム・ミヨーと結びつけて考えることもなかった。

そんなふうに月日がすぎていたとき、飛行機のなかで『セザンヌとわたし』の映画を見たのだった。三〇年まえに、ミヨー家の庭でサント＝ヴィクトワール山をさがして目をこらしたことをはっきりと思い出した。遠い空を見つめていたマダム・ミヨーの横顔もうかんだ。菜園でスキップするように歩いていた姿、美しいエレーヌの肖像画、パリのアパートの本棚にぽつんと残されていた本。記憶のひだのあいだから、さまざまなイメージが一気に流れだしてきた。長いあいだ忘れていた情景が。

マダム・ミヨーが晩年になって、サント＝ヴィクトワール山を庭からじっと見つめていたことと、セザンヌが最晩年に毎日のように山へ出かけてサント＝ヴィクトワール山を描いていたことは、おなじような思いからだったのではないかという気がしてきた。ふたりが毎日ながめていたのは、山というよりはむしろ自分の人生で流れた時間だったのではないか。山のすがたのなかには、山を見つづけた自分の過去の時間がいくえにも織りこまれているように感じていたのではないだろうか。

わたしの家の窓から遠くに丹沢山地が見える。いちばん左にピラミッド形をした大山、その右奥のほうにぽつんと飛び出た塔ノ岳。右にむかって稜線がだんだんと高くなってゆき、丸くてなだらかな山頂の丹沢山があり、その右にいちばん高くて山らしい三角形の蛭ヶ岳がある。山々は季節ごとに、日ごとに、時間ごとに、色とかたちを変えてゆく。冬の夜に、きょうは寒いなと思うと、翌朝、峰々が白くなっていることがあった。雪をかぶった丹沢はアルプスのように雄々しくて立派だ。きょうはいつもより山が高く見えると思ったら、雲が山のふりをして高く見せているということもあった。

おなじ山をずっとながめていると、山が変化してやまないことがわかり、魅せられたようにいっそう見つづける。山のすがたにはそれを見つづけてきた自分の時間も刻まれているような気がしてくる。

変化する山を毎日見ていると、画家であればそれを描かずにいられないだろう。だからセザンヌはそうしたのだ。白い山が、灰色になったり、ピンクや紫や黄色をおびたり、ふかい湖を思わせる青や緑色になったりする。さまざまな色は、セザンヌがそのときに見ている山のすがたであり、刻々と変わってゆくすがたであり、遠い昔の日々に見た過去のすがたでもあるのだろう。

わたしは家から丹沢の山々を見ながら、毎日こんなふうに山を見られることを幸せだと思う。いつか丹沢山地が見えない町に住むことがあっても、きっと丹沢の方角に目をこらすだろう。マダム・ミヨーがそうしていたように。

むかし、エクサン゠プロヴァンスに住んでいたの、と言っていた。いつ、なぜ、エクサン＝プロヴァンスにいたのだろうとはじめて疑問に思った。わたしはマダム・ミヨーのことを何も知らない。若さゆえの臆病から、なにもたずねなかったからだ。

マダム・ミヨーは小説を書いていたのだから、パリの国立図書館になにか情報があるはずだと思って調べてみた。その結果、二冊の小説のタイトルと、『レ・タン・モデルヌ』誌に掲載されたふたつの短編小説の題名がわかった。ところが作家の情報として記載されているべき生没年も生没地も空白になっていた。作家としてのマダム・ミヨーは消えつつあるのだろうかと胸がつまった。消えてしまうまえにすこしでも知りたい。そのためにはマダム・ミヨーの書いたものを読むしかない。三〇年前にできなかったことを今こそするのだ。


二冊の小説とふたつの短編小説を、書かれた順に読んでゆくことにした。

最初の作品は、『おなじ船』という小説である。二〇〇ページほどの小ぶりの単行本で、一九四九年に大手のガリマール社から「希望叢書」の一冊として刊行されている。いまは電子版で読むこともできる。

「希望叢書」は、アルベール・カミュが責任をもって選書・刊行をしていたシリーズであり、一九四六年から全二九冊が刊行されたようだ。そういえば、マダム・ミヨーはカミュと親交があったと言っていた。一九四九年当時、マダム・ミヨーはおそらく三十代だっただろう。おなじ年ごろだったカミュと文学的に共感したり議論したりしながら小説を書いたのだろうか。カフェで友人たちと文学の話をしながら、おだやかな微笑をうかべているマダム・ミヨーのすがたを想像した。

『おなじ船』は、第二次大戦中に、夫婦とそのふたりの子供がさまざまな問題に直面しながらドイツ占領下を生きぬいてゆく物語だった。小説はつぎの文で始まる。

「エレーヌは家に入ったところだった。」

エレーヌ。マダム・ミヨーの家にあった肖像画の女性の名前だ。アウシュヴィッツで亡くなったという、いとこ。マダム・ミヨーは亡きエレーヌへの哀惜の思いをこめて、最初の小説の主人公にその名をつけ、作品の冒頭にエレーヌと記したのだろう。

小説のなかでは、エレーヌには兄がいる。その兄、ジャックは共産主義者であった。ある日、逮捕されて、強制収容所に送られ、そこで亡くなる。死後に兄の手記が発見され、それを読んだエレーヌと夫ルイは、それぞれが後悔にさいなまれる。兄を守れずに自分だけが生き残ったという罪悪感と苦悩のなかで、ふたりとも口論が絶えない。

小説の終わりのところで、夫ルイが娘のシルヴィーを寝かしつけるために童話を読み聞かせる場面があった。童話は、航海中に嵐で船が沈み、何人かの犠牲者がでて、生き残った者たちは近くの海岸に流れつく、という、あまり子供向きではない話だった。

生存者たちは、流れついた海岸の町を離れることができない。たえず口論し、何人かは仲間から離れて町を出ようとするが、翌日にはまたおなじところにもどってきて、言い争いをする。彼らは「おなじ船」に乗ったという思いだけで結びついているのだ。陰鬱な気分と口論は絶えることなくつづく。

話を聞いていたシルヴィーがたずねる。「それじゃあ、その人たちはもう笑うことはないの」。横で眠っていたはずの息子ピエールが、急に目をあけて言う。「もう笑うことがないなんて。バカな人たちだね。」

おそらくマダム・ミヨーのお兄さんも強制収容所で亡くなったのであろう。戦後まだ数年しかたっていないときに、マダム・ミヨーも後悔と苦悩のなかでこの小説を書いたのだろう。小説のなかでは、「おなじ船」に乗って生きのびた人たちは、自分たちだけが生き残ったという罪悪感から口論ばかりする。そんなことを続けるのではなく、笑いを取りもどして生きていくべきではないのか。そう考えてこれからを生きていこうとしているのは主人公エレーヌであり、マダム・ミヨーでもあるのだ。アウシュヴィッツで亡くなったエレーヌは、小説のなかではマダム・ミヨーの分身となって、戦後を生きつづけるのである。

『おなじ船』の刊行から一〇年がすぎた一九五九年に、マダム・ミヨーは『レ・タン・モデルヌ』誌にふたつの短編小説を発表する。『レ・タン・モデルヌ』誌も、ガリマール社から出されており、サルトルが責任編集をしたことで有名な雑誌なので、日本の多くの大学図書館にも収蔵されており、簡単に手に入れて読むことができる。

ふたつの短編小説はどちらもゴルドシュミット夫人という女性が主人公となっている。ひとつめは「失われた鍵」という短編である。ゴルドシュミット夫人は南フランスに住んでいるが、たまたまパリに出てきており、知人のアパートを借りて滞在している。ある日、アパートの掃除をしていて、一瞬だけ玄関ドアから踊り場に出たときに、急に風が吹いてきて、玄関ドアがバタンと閉まってしまった。夫人は閉め出される。これはフランスでは誰もが経験することだ。ドアは閉まると自動的に鍵がかかるようになっているので、ちょっと外に出たときに偶然にドアが閉まって中に入れなくなる、という小さな事件がたえず起こっている。

そんな平凡なできごとが、ゴルドシュミット夫人の場合は悲劇となる。真夏の週末だったからだ。アパートの管理人は休暇をとって留守にしていた。近所の鍵屋も閉まっている。どうすることもできないまま、やがて夜になった。階段の踊り場にじっと立っていると、夫人は目まいにおそわれた。それは、かつてドイツ占領下で感じたのとおなじ目まいだった。アパートから閉め出されるというよくあるできごとが、ゴルドシュミット夫人の場合は、心の底に沈んでいた苦悩を浮き上がらせることになったのである。

ふたつめの短編は「家具保管庫」である。ゴルドシュミット夫人は、むかし、外国の町に住んでいたことがあった。一〇年ほど住み、帰国して一五年あまりになるのだが、当時の家具をその町の倉庫にずっとあずけたままにしておいた。ある日、電報が来て、家具をできるだけ早く引き取ってほしいというので、夫人はその町に出かけて行った。どこの町であるかは書かれていないが、アルジェリアのどこかのようである。この短編が掲載されたのが『レ・タン・モデルヌ』誌のアルジェリア特集号だったから、おそらくそうなのだろう。

夫人が町に着いたあと、大きな地震が起こる。アルジェリアでは、実際に一九五四年に大きなシュレフ地震が発生している。その地震のことだろうか。夫人は、震源地から「二〇〇キロメートル離れたところ」にいた、と書かれている。シュレフから二〇〇キロメートルほどの距離にある町というと、オランだろうか。あるいはアルジェかもしれない。地震のあとに家具保管庫をたずねた夫人は、ほこりと砂だらけになった家具をひとつひとつ見てゆく。家族アルバムを手に取ったとき、自分の顔に違和感をもつ。当時の自分と現在の自分とがまったく異なってしまったことをさとり、結局、家具すべてを捨てることに決める。

この短編小説には、アルジェリアの町と人びとにたいする愛着と、そこを離れてしまったことへの悔恨が感じられる。おそらくマダム・ミヨーも、何年間かアルジェリアに住み、帰国してからもずっとその国を思っていたのだろう。

マダム・ミヨーの四つめの作品は、『昨日、それは青春』という小説で、一九七二年にパリの小さな出版社から刊行されている。その出版社はもう存在しておらず、小説は電子化もされていないので、古本を手に入れるしかなかった。さがしてみると、パリの古書店のリストのなかに運よく見つかった。急いで注文すると、二週間ほどして本が届いた。三〇〇ページ近くある小説を手にとったとき、これは自伝小説だと直感した。小説のなかに作者の伝記的要素をさがすのは文学作品の読みかたとしては愚かしいとわかっているのだが、残された手がかりにしがみつきたかった。

本の裏表紙に記されている作者紹介を読んだ。「テレーズ・ミヨーは地中海沿岸地方に住んでいる。カタルーニャと南仏のユダヤの古い家系の出身であり、ソルボンヌで哲学と文学を学んだ……」。すでに知っていたことと、予想していたことが記されていた。マダム・ミヨーは裏表紙にこのように明記することによって、自分の出自を主張しているのだろう。そうだとしたら、この本が自伝に近いものだからにちがいない。

小説は、マリーとエチエンヌという若い夫婦の物語である。

ふたりはソルボンヌ大学で出会った。哲学や文学や音楽が好きなことで気が合い、若くして結婚する。夫とその母親との強すぎる結びつきや、妻がユダヤ人で夫がプロテスタントであるという宗教上の問題、夫が若い女性たちに執着しすぎることなど、問題が数多くあるなかで、息子マルタンが生まれる。やがて一家でアルジェリアのオランに住むことになる。夫婦はオランの高校で文学を教え、娘フロランスも生まれる。短い幸福な時間が流れる。だが夫はやはり生徒をつぎつぎと恋人にしてゆくし、娘は病気になって南フランスの児童療養施設に入ることになる。戦争がはじまると、息子は南フランスの祖母の家に疎開してしまい、こうして家族はばらばらになった。

第二次大戦が終わり、一家でアルジェに住むことになるが、家族の心は離れたままだ。アルジェリア戦争がはじまると、四人はべつべつの理由でそれぞれパリにもどってくる。やがて息子マルタンは結婚してパリを離れ、娘フロランスも結婚して南フランスに住む。ふたりには子供が生まれて、幸せな家庭生活をおくっているようだ。マリーは、パリで夫とふたりだけの生活にもどるが、夫はあいかわらず若い女性と出かけてばかりいる。マリーはとうとう離婚を決意し、家を出た。何年かが過ぎる。ある夜、ひとり暮らしのマリーのアパートを息子マルタンがたずねてくる。そしてマリーに、自分たちの一家の近くに住んでほしい、孫たちを見守って暮らしてほしい、と頼むのだった。

ここで小説は終わっている。この物語のなかに、マダム・ミヨーの人生はどのように反映されているのだろうか。

マリーとおなじように、マダム・ミヨーもアルジェリアに一〇年間か二〇年間ほど住んでいたのだろう。夫との問題はあったが、アルジェリアではいくぶんか幸せに暮らしていた。パリには、学生時代だけでなく戦後もしばらく夫婦で住んでいたが、その後、マダム・ミヨーは離婚し、ひとりで暮らすようになったのだろう。そのときに住んでいたのが、わたしが借りていたアパートだろうか。

マダム・ミヨーのアヴィニョン郊外の家に泊めてもらったとき、となりに息子一家が住んでいるのよ、と言っていたことを思い出した。小説は、息子マルタンがマリーに「近くに住んでほしい」と頼みに来たところで終わっている。その続きをマダム・ミヨーの家は見せてくれていたのだ。マリーは、そしてマダム・ミヨーは、息子が願ったように息子一家の近くで老後をすごすことに決めたのだろう。小説『昨日、それは青春』が書かれたとき、マダム・ミヨーはおそらく五十代後半だった。これからはアヴィニョンに住むのだと決意して、それまでの半生を自伝的小説に描いたのかもしれない。

『昨日、それは青春』のあらすじ以上に、小説のところどころで語られる細部が気にかかる。マダム・ミヨー自身の実際の経験や感情が、ありのままに描かれているように思われるからだ。

たとえば一家でアルジェに住んでいたとき、カミュがアルジェに講演をしに来たことがあった。そのおりにマリーははじめてカミュと言葉をかわすのだが、マダム・ミヨーも実際にそんなふうにカミュと知り合って、小説を書くようになったのではないだろうか。おおよその年代の計算をしてみると、最初の小説『おなじ船』は、アルジェでカミュと知り合ったと思われる時期の数年後に書かれたようである。

細部のなかでとりわけ胸にひびくのは、一族の人たちの死についてときおり口にされる非痛な言葉である。

あるとき、マリーは息子マルタンにむかって自分の亡き伯母たちの思い出話をした。マルタンがたずねる。「ルースおばさんの子どもはどうなったの」。「第一次大戦で亡くなったのよ」。さらにマルタンがたずねる。「シュザンヌおばさんの子どもはどうして死んだの」。「とても遠く、ポーランドでよ」。そのあとに文章はこうつづく。

「マリーは『アウシュヴィッツで、兄弟や姉妹たちといっしょに』とは言えなかった。マリーの兄弟たちもそうだったとは、これからも言えないだろう。」

この言葉のあと、会話は中断される。やはりマダム・ミヨーの兄弟もアウシュヴィッツで亡くなったのだろう。おそらく彼女がアルジェリアにいたあいだに。

ある夜のこと、マリーは「アウシュヴィッツで死んだ、いとこのエレーヌ」のことを考える。思い出があふれてくる。エレーヌが、プルーストやジッドやヴァレリーの文学の魅力をマリーにおしえてくれたのだ。ジッドの小説『贋金つかい』をいっしょに読んだこともあった。

「エレーヌ……、アウシュヴィッツ……。エレーヌ、もしあなたが一瞬でもこの世にもどってきてくれるなら……。ほんの一瞬でもいいから。そうしたら、わたしの人生はほんとうに明るいものになるにちがいないのに。」

いとこのエレーヌだけは、この小説でも本名で出てくる。大好きだったエレーヌ、若くして無残に死んだエレーヌ。彼女の名とその生きたあかしを、マダム・ミヨーは自分の小説のなかにとどめておきたかったにちがいない。

ある日、エレーヌが言ったことがあった。「すきなひとたちには、幸せなときの顔をおぼえておいてほしいの」。だからマダム・ミヨーは、エレーヌが幸せだったときの肖像画を部屋の壁にかけていたのかもしれない。内気だけれど美しいエレーヌの肖像画を。

小説の最後で、息子マルタンがマリーのアパートをたずねてきたとき、ふたりは亡き祖母のことを話した。マリーの母親であり、マルタンにとっては幸せな思い出を残してくれたやさしい祖母である。

「おばあちゃんが亡くなったとき、ぼくは、それほどつらくはなかったように思う。でも今は、ほんの一瞬でもいいから、おばあちゃんに会えるなら、ぼくの人生の数か月を、ううん、数年でも、差し出したいと思うよ。」

自分の命をけずってでも会いたいひとがいるのに、会うことができない。そんな思いをマルタンもマリーもかかえているのだ。だがふたりは、会えないひとを思う悲しみよりも、いま会うことのできるひとの近くで生きる喜びのほうを見つめようとしている。

だからマルタンはマリーに会いに来たのであり、マリーはマルタン一家の近くで暮らすことに決めるのだろう。

『昨日、それは青春』の小説は、マリーの結婚のときからの物語なので、ソルボンヌでの学生時代については描かれていない。学生時代よりも前のことはまったくわからない。エクサン＝プロヴァンスにいたであろうときのことも。

本の裏表紙に、マダム・ミヨーは「カタルーニャと南仏」の古い家系の出身であり、ソルボンヌで勉強したと記されていた。小説のなかでは、マリーの母はフランス・カタルーニャ地方のペルピニャンの出身で、父はマリーが十代半ばだったときに死んだとされている。マリーとマダム・ミヨーの人生が重ね合わされているとするなら、マダム・ミヨーのお父さんは「南仏」の出身だったことになる。南仏のどこだろうか。やはり、エクサン＝プロヴァンスではないだろうか。ミヨーという姓の多い町である。たとえば作曲家のダリウス・ミヨーは、一八九二年にエクサン＝プロヴァンスの裕福なユダヤ人家庭に生まれたことが知られている。もしかしたら、マダム・ミヨーのお父さんとダリウス・ミヨーは親戚だったかもしれない。年齢も近かっただろうから、親しくしていたかもしれない。

第一次大戦後の短いけれど比較的おだやかだった時代。テレーズ・ミヨーは、エクサン＝プロヴァンスで育った。裕福な家で、両親と兄弟にかこまれた幸せな子ども時代だった。テレーズの部屋からはサント＝ヴィクトワール山が見えて、テレーズは毎日、窓枠にひじをついて、山をながめていた。

本を閉じた。表紙をそっとなでて、ふたたび開いた。そのとき、表紙のつぎの白いページと小説名や著者名の書かれたタイトルページとのあいだに、『昨日、それは青春』とだけ書かれた一ページがあることに気がついた。そのようなページがあるのは、フランスでは普通のことだし、日本でもよくあることなので気にしなかったが、そのページに書きこみがあるのが目にとまった。古本を買ったのだから、そんなこともあるだろうと思いながら書きこみに目を走らせて、はっとした。見覚えのある筆跡だった。二五年前までときおり目にしていた字、マダム・ミョーのちょっと読みにくい独特な字だった。

この本が出版された一九七二年に、マダム・ミョーがジョルジュという友人にこの本を贈り、そのときに献辞の言葉を記していたのである。

「共通の思い出にみちたこの本が、心に届きますように。」

やはり自伝的な小説だったのだ。ジョルジュはこの本をたいせつにしていたのだろう。本は五〇年もたってもまったく色あせもせず、傷みもせず、かといって、本棚にしまいこまれて忘れられていた古本特有の臭いもしない。ジョルジュはずっと手元に置いて、ときおり開いて読んでいたのだろう。数十年前のことを思いながら。

ジョルジュは亡くなった。彼の蔵書はパリの古書店に引きとられた。ある日、日本からこの本の注文が入った。本は飛行機に乗って、日本へ、わたしのところへやってきた。マダム・ミヨーの手をはなれてから五〇年がすぎ、今、わたしの手もとに届いたのだ。それは偶然というより奇跡のように思われた。

マダム・ミヨーによる献辞の最後には、こう書かれていた。

「昔から変わることのない友情をこめて。」

それはジョルジュというひとに向けられた言葉であったけれど、五〇年がすぎた今、ジョルジュが「マダム・ミヨーからあなたに」と、その言葉をそっと手渡してくれたような気がした。

アヴィニョン郊外の家でのマダム・ミヨーのすがたをふたたび思いうかべた。真剣な目でサント＝ヴィクトワール山のほうを見つめていた横顔。もういちど、マダム・ミヨーに会いたいと思った。ミヨー家の庭でいっしょにサント＝ヴィクトワール山をながめながら、エクサン＝プロヴァンスに住んでいたときのことを話してもらいたい。

沈黙の修道院と黒い鳥

アヴィニョンの郊外にあるマダム・ミヨーの家に泊めてもらったとき、わたしはまったくの観光客になって、アヴィニョンの市内や近郊を見てまわった。いかつい法王庁を見学したり、こぢんまりした通りにあるカルヴェ美術館をおとずれたり、川の途中までしかないサン゠ベネゼ橋のうえを歩いてローヌ川をながめたりした。近郊へ行くバスに一時間ちかくも揺られて、ローマ時代の水道橋「ポン゠デュ゠ガール」まで足をのばしたこともあった。

そんなふうに時間をすごしていると、マダム・ミヨーが言った。この近くに修道院があって、なかを見学できるようになっているから、行ってみたらどうかしら。

隣町のヴィルヌーヴ゠レ゠ザヴィニョンに「祝福の谷のシャルトルーズ」という修道院があるらしい。三〇分ほどぶらぶら歩いて行ってみることにした。

「シャルトルーズ」といえば、カトリックでもっとも厳格な修道院として知られる。十一世紀にグルノーブルに近い山間の地、シャルトルーズにひらかれた修道院であり、「シャルトルーズ」のラテン語表記を用いて「カルトジオ会修道院」と呼ばれることもある。フランス革命期に、フランスに六四あったシャルトルーズのすべてが閉鎖されてしまった。その後、再建されたりしたが、いまなお存続しているのはフランスではわずか五つにすぎない。男子修道院が三つ、女子修道院が二つである。

わたしがパリで留学生活をはじめたばかりのころ、友人たちが「シャルトルーズ」という食後酒を飲んでいるのを見て、すこし驚いたおぼえがある。厳格な修道院とリキュール作りとがそぐわないように思えたのだ。おなじく厳格なトラピスト修道会もやはりビールを作っていることで有名である。酒造りによる収益は、修道院の運営の費用にあてられるのだという。

シャルトルーズ酒には「緑」と「黄」の二種類がある。「緑」のほうがアルコール度数もハーブの香りも強く、「黄」のほうは弱めで甘くまろやかである。友人たちは、わたしは「緑」のほうが好き、わたしは「黄」のほうがいい、などと言いながら、緑色か黄色の液体の入った小さなグラスを軽く揺らせていた。

「シャルトルーズ」というと、スタンダールのことも思い出す。小説『パルムの僧院』の「僧院」は、原語では「シャルトルーズ」である。『パルマのシャルトルーズ修道院』という題名なのだが、修道院を舞台にした小説ではなく、イタリアの貴族ファブリス・デル・ドンゴの波乱にみちた生涯の物語である。小説の終盤になって、ファブリスは愛する女性クレリアとのあいだに不義の子をもうけるが、その子を病気で死なせてしまい、数か月後にクレリアも死んでしまう。絶望したファブリスは「ポー川に近い森のなかの『パルムのシャルトルーズ』に隠遁」し、「そのシャルトルーズで一年とすごさないうちに死んだ」のだった。このことが書かれているのは、全二巻におよぶ長い物語の最後の一ページだけである。

なぜスタンダールは、最後のページにしか出てこない「シャルトルーズ」を小説の題名にしたのだろうか。小説の後半でファブリスが牢から脱獄する場面があるが、結局、彼はみずからの意志で牢獄のような修道院に入ることになった、という象徴的な意味なのだろうか。とにかく、情熱的な男の生涯をえがいた小説の題名に「シャルトルーズ」の語を入れたことによって、謎めいて魅力的な作品になったことは確かである。

バルザックにも、よく似た結末にいたる小説がある。『アルベール・サヴァリュス』だ。主人公のアルベールは、一〇年以上も、美しい人妻を愛しつづけたが、べつの女の策略によって、愛する女性からひどい裏切りをうけたと誤解し、絶望して姿を消してしまう。グルノーブルの北にある大シャルトルーズ修道院に入ったのである。それ以後、彼の姿を見ることはなかった。彼の友人は言う。「アルベールは死にました。世間的には死にました。彼は安らぎを望んだのです」。アルベールは、死にもっとも近い場所、死のような安息をえられる場所に閉じこもったのである。

結局、スタンダールやバルザックにとって「シャルトルーズ」とは、絶望した人が逃げこみ、最後の安らぎをえようとする場所にすぎないのだろうか。そんなことを考えながら、わたしはヴィルヌーヴ＝レ＝ザヴィニョンの町に入り、「祝福の谷のシャルトルーズ」に近づいて行った。

町のなかにごく普通の目立たない門があり、そこが修道院の入り口らしかった。なかに入ると小さな庭があり、その奥にどっしりとした門が立っていた。修道院にそぐわない堂々たる立派さだと思いながら門をくぐると、正面に小高い丘があった。丘の上には威圧的な要塞がそびえており、これが修道院なのかと心から驚いた。だが、門からまっすぐのびる桑の木の並木道を歩いてゆくうちに、修道院と要塞はべつの土地にあることがわかり、安堵した。丘の上にそびえる要塞の下に身を隠すように、修道院はひっそりと立っていた。

心地よい緑の木々のあいだを五〇メートルほど進むと、道は石壁につきあたり、そこを左に曲がった奥に建物の入り口はあった。平日の午後だからだろうか、見学客は数人いるだけだった。広い建物内に入ると見学客はあちこちに散らばってしまい、わたしはひとりで石の静けさのなかを歩いてまわることになった。教会堂、回廊、礼拝堂、庭園。わたしの足音だけが冷たい石の廊下にひびいた。

この修道院は十四世紀に設立されたそうだが、やはりフランス革命期に廃院になり、建物は売却されたという。その後は農業や畜産のために用いられたりしたが、二十世紀のはじめから長い年月をかけて修復と復元がなされ、最近になってようやく文化施設として一般に公開できるようになったそうである。

この修道院のなかで、もっともシャルトルーズらしい雰囲気にみちた場所であり、そこを離れがたい気持ちにさせる場所は、修道士の個室であった。広めの単身者住宅のような作りで、三つの部屋からなっていた。

入り口をはいると、まず玄関室のような空間があり、その奥に部屋がふたつあった。最初の部屋には暖炉と仕事台と棚があり、壁には十字架とマリア像がかかっていた。奥の部屋には、ベッドと読書机、食事机、祈禱台。大きな窓があるので、どちらの部屋も明るい。窓の外には、その個室専用の庭が緑ゆたかに広がっていた。この庭で修道士は花や薬草を育てたそうである。

修道士は、一日の大半を個室でひとりですごしたという。人と話すことは禁じられており、食事をとるのも個室でひとりだった。入り口ドアの横の石壁に小さな窓があり、そこから食事が差し入れられるようになっている。小窓は、廊下側から見ると、自由に開閉できる木の扉であるが、部屋側から見ると、石壁にうがたれた四角い穴にすぎない。穴は石壁のなかを斜めに長く掘られているので、部屋の側からは木扉を見ることさえできない。食事をくばる人の顔が見えないようになっているのだ。修道士は、完全な孤独を生きていたのである。

ヴィルヌーヴをたずねてから二〇年ほど後になってのことだが、フィレンツェでドミニコ会のサン＝マルコ修道院をおとずれたことがあった。フラ・アンジェリコのフレスコ画を見るために行ったのである。たくさんのフレスコ画のなかでも「受胎告知」の絵がとくにすばらしく、一階から階段をのぼってゆくと急に正面に絵があらわれて、訪れる人をはっとさせ、そして魅了する。修道士が行き来していたであろう木の廊下の壁にえがかれているので、修道士たちも絵に見とれながら廊下を歩いたにちがいない。暖かみのある美しい木の廊下は、ヴィルヌーヴのシャルトルーズ修道院の何もない冷たい石の廊下とは対照的であった。

修道士の個室も対照的だった。サン＝マルコ修道院のほうは部屋も窓もとても小さくて、祈り、眠るためだけの場所のように見えた。ドミニコ会は清貧を旨としているので部屋に物は必要ないし、説教や研究をおこなうことが重要であるから、個室にいる時間もあまり長くはないのだろう。しかしシャルトルーズでは、孤独と沈黙が重要である。なるべく人と接触しないようになっており、修道士たちは一日の大半を個室に閉じこもってすごすのである。

そのような孤独と沈黙の空気が、ヴィルヌーヴの修道院の個室にはなお息づいていた。

部屋のなかにじっと立っているとそれが感じられる。それゆえ離れがたい気分になるのだろうか。こんな部屋で静かに祈り、本を読みながら日々をすごしたら、どんなにか心穏やかに生きられるだろうと少しうらやましい気分になったとき、マダム・ミヨーがこの修道院をたずねるようにと言った理由がすこしわかったような気がした。マダム・ミヨーもまた、沈黙と孤独のなかで本を読み、死者たちのために祈り、庭で野菜やハーブを育てるという現代の修道士のような生活をしているのだ。宗教の違いなど関係なく、マダム・ミヨーはシャルトルーズ修道院をおとずれたとき、その静けさに安らぎのようなものを見出したのではないだろうか。

最近になってマダム・ミヨーの書いた短編小説「失われた鍵」を読みかえしたとき、なかに「シャルトルーズ」という言葉が出てくることに気づいて、はっとなった。

「ヴィルヌーヴのシャルトルーズ。だれもいない。だれも。修道院。沈黙の屋根の上におだやかな青空。だれもいない。」

第二次大戦中に人間の恐ろしさを知ったマダム・ミヨーは、だれもいないことに安堵を感じ、こんなふうな場所でなら生きていけると思ったのかもしれない。

『大いなる沈黙』という映画をみた。「大シャルトルーズ修道院」で生きる修道士たちの生活を淡々と撮影したドキュメンタリー映画である。大シャルトルーズ修道院は、グルノーブルの北三〇キロメートルほどの山奥にあり、まわりを高い山々と森にかこまれている。とりわけ東側には、二〇〇〇メートルを超える岩山グラン・ソムが屏風のようにそびえ立っている。岩山はけっして威圧的ではなく、むしろ心やさしく修道院を見まもっているかのようだ。映画を見ていると、グラン・ソムの美しさにだんだんと魅せられてくる。

季節ごとに山々はすがたと色を変えてゆくが、修道院の静けさは変わらない。隔絶された静寂のなかでの生活を映画は何の説明もなく見せてゆく。背景音楽もナレーションも映画照明もない。修道士たちの沈黙をそのままにうつしだした映画である。

修道士の生活は、やはり一日の大半をひとり個室ですごすというものであった。個室は、ヴィルヌーヴの「祝福の谷のシャルトルーズ」で見学した部屋とよく似ていた。奥の部屋には、寝台、祈禱台、食事用の机、読書机、薪ストーブがあった。入り口近くの石壁には、食事を差し入れるための穴。窓の外には緑の庭。

修道士たちは、食事を個室のなかの思い思いの場所でとっていた。窓から庭や山々をながめながら食べたり、あるいは本を読みながら食べたりしていた。食事机ではなく、庭に出る戸口にすわって物思いにふけりながら食べている修道士もいた。日曜日だけはみなで集まって食事をするが、そのあいだも口をきいてはならない。毎日三度、教会堂に行ってみなでお祈りをするが、教会堂でも廊下でもけっして話してはならない。礼拝が終わるとただちに個室にもどる。沈黙と祈りの日々である。

日曜日の午後には、数時間の「散策（スパシマン）」が許されており、そのときだけは話してもよいことになっている。ある初夏の午後には、修道士たちが草地で円陣になって、楽しそうに議論したり、冗談を言いあったりしていた。彼らの生き生きとしたすがたと、まわりの山と森の緑が目にしみた。修道士たちは幸せそうな表情をしていた。

ある冬の午後には、若い修道士たちが雪の斜面を小さなソリですべりおりて遊んでいた。子どものように転がったり、ぶつかったり、笑いあったりして、白い修道服は雪まみれだった。べつの修道士ふたりは、かんじきをはいて雪の岩山に登っていった。数百メートル上の岩に立つと、大シャルトルーズ修道院を見おろしながら祈った。

修道士たちのこうした「散策」は、週にいちどの気晴らしというよりは、自然のなかに溶けこむ喜びを全身であらわしているように見えた。美しい自然のなかでそんなふうに生きている姿がうらやましくなった。


修道院とは共同生活の場所であるから、修道士に個室をあたえている修道会はあまり多くはない。「一日の生活を終えて、終課を終えた修道士たちは、静かに寝室へ向かい、共同の寝室で眠る」のが普通である、と朝倉文市の『修道院』に書かれている。その意味では、フィレンツェのサン＝マルコ修道院にたくさんの個室があったのはめずらしいと言えるだろう。とはいえ、ドミニコ会は托鉢修道会であり、旅をして説教をするし、研究と教育を重視しているので、世間から隔絶されているわけではない。ほかの修道会も、布教をしたり、貧者や病人を受け入れたり、共同で農作業をしたりと、さまざまなかたちで世間とかかわっている。

だがシャルトルーズの門は閉ざされている。訪問することも見学することもできない。近づくことさえむずかしい。現在は、大シャルトルーズ修道院から一・五キロメートルほど離れたところに「シャルトルーズ博物館」があり、一般の人が来てもよいのはここまでである。修道士の家族だけは、年に一、二度、面会に来ることが許されているが、それでも修道院のなかに入ることはできない。建物のまわりを散歩しながら、家族で話すだけである。

そのような大シャルトルーズ修道院に興味をもつ人たちがいた。そのひとりが、映画『大いなる沈黙』の監督のフィリップ・グレーニングである。彼は、大シャルトルーズ修道院を撮影したいと一九八四年に願い出たあと、許可がおりるまで一六年も待ったという。そして映画が完成したのは、さらにその五年後の二〇〇五年であった。二一年の歳月である。

グレーニングは、ひとりで大シャルトルーズに入り、半年のあいだ修道士たちとおなじ生活をした。自由に使える時間がすくないなかで、ひとりで重い機材を運び、撮影をし、録音をした。そのようにして『大いなる沈黙』の映画はつくられたのである。その五年後に、フランス国営テレビ局が「シャルトルーズ」の特別番組をつくったが、大シャルトルーズ修道院のなかに入ることは許されなかった。テレビ局の取材はあまりにも世俗的で騒がしいからだろう。

これほどまで厳しく閉ざされている大シャルトルーズ修道院であるが、十九世紀前半には訪問客を受け入れていた。この修道院もフランス革命期に閉鎖されたが、一八一六年になって再開され、二〇年をかけて再建がすすめられた。閉鎖から再建までの四〇年ほどの不安定な時期に、訪問が許されていたらしい。訪問客から宿泊費などを受けとることで、維持と再建の費用にあてていたようである。その時期に何人もの作家が大シャルトルーズ修道院をおとずれて、そのことをさまざまなかたちで書き残している。

たとえばシャトーブリアンは、一八〇五年に大シャルトルーズをたずねて、そのときのことを自伝『墓のかなたの回想』で短く書いている。一八〇五年といえば、大シャルトルーズがまだ閉鎖され荒廃していた時期である。「打ち捨てられた建物にはひびが入っていた」とシャトーブリアンは嘆く。数人の修道士が残っており、なかを見学することができた。個室には「庭と作業室」がついており、さまざまな道具が置かれているのを目にする。だがシャトーブリアンは、荒れはてた修道院のすがたにいたたまれなかったのか、逃げるように立ち去っている。

大シャルトルーズをおとずれる前年に、シャトーブリアンは、愛する姉のリュシルが自殺するという苦しみをあじわっていた。リュシルは、死のすこし前に聖アウグスティノ修道院に身をよせていたという。それゆえにシャトーブリアンはシャルトルーズ修道院をおとずれたのかもしれない。姉リュシルが最後のよりどころを求めた「修道院」という場所を知りたかったのだろうか。

一八三〇年代には、アレクサンドル・デュマやバルザックといった作家たちが大シャルトルーズ修道院をたずねている。大シャルトルーズの内部を最初に作品のなかで描きだしたのはバルザックである。

一八三二年九月に見学に来たバルザックは、修道士の個室の石壁にラテン語で「逃れよ、隠れよ、沈黙せよ」と刻まれているのをみて胸をうたれる。近くの貧村では、村人のために献身的に生きているローム医師と知り合い、そのすがたにも感銘をうける。こうしたことが合わさって、小説の構想がうかび、翌年に小説『田舎医者』を発表したのだった。

『田舎医者』の主人公は、ベナシスという医者である。若かったころのベナシスにはアガトという恋人がいたが、身勝手な気まぐれから恋人を捨ててしまう。それから二年ほどして、アガトから手紙が来る。自分が病気でまもなく死ぬこと、一年前にベナシスの子を生んでいたこと、自分の死後はその子を育ててほしいことなどが書かれていた。ベナシスはふかく後悔し、アガトのもとへ駆けつけて看病し、彼女が死ぬと、残された子どもをたいせつに育てた。何年かがすぎ、ベナシスは貴族の娘エヴリナに恋をした。結婚話がもちあがったので、子どものことを隠したまま話をすすめた。エヴリナの一家の城館に招待されて滞在し、四〇日ほどが過ぎたとき、子どもが危篤だという知らせが入って、急いでパリにもどる。そのことで子どもの存在がエヴリナの一家に知られてしまい、結婚話は破談になる。病気の子どもは死んでしまう。

絶望したベナシスは大シャルトルーズ修道院に入った。個室の壁に「逃れよ、隠れよ、沈黙せよ」と刻まれているのを見て、これこそ自分が望んでいた生活だと思う。

「モミの木の板を張りめぐらした部屋、固い寝台、そこに隠遁すること、すべてがわたしの心に合っていました。」

教会堂で修道士たちとともに祈っていたときに、気持ちが変わった。「世に知られず、世間的には死んでいるこれらの老人たち」の生活は「崇高なエゴイズムのようなものだ」と感じる。隠遁とは「その人にしか益にならないもの」であり、「長い時間をかけた自殺」にすぎないとベナシスは思う。修道院に閉じこもるのではなく、近くの貧村で医者になることにしようと決意する。村人のためにつくすという「活動的な祈り」の仕事をすることにしたのである。

バルザックにとって、大シャルトルーズ修道院に入るのは死ぬにも等しいことだと思われたのであろう。そのような場所で暮らすことは、本人だけの安らぎを求める利己的な行為である。それがバルザックの修道院観であり、小説『田舎医者』の根底となっている考えである。

バルザックは、一〇年後にべつの小説『アルベール・サヴァリュス』を発表する。その作品においても、アルベールが大シャルトルーズに入ったことについて、彼の友人の言葉として、「アルベールは死にました。世間的には死にました」と書いたのだった。

バルザックが大シャルトルーズ修道院をたずねる一か月ほどまえに、アレクサンドル・デュマが見学におとずれていた。修道院のなかで宿泊までしている。そのころデュマはエクス゠レ゠バン温泉に滞在しており、五〇キロメートルほど南にある大シャルトルーズまで、遠足がてら、足をのばしたのだった。そのときのことは、翌一八三三年に発表された旅行記『旅の印象』のなかで詳しく語られている。その旅エッセーの題名は「エクスの温泉」であり、前半は北イタリアのアオスタからエクス゠レ゠バン温泉までの旅と温泉滞在記、後半が大シャルトルーズの見学記となっている。

デュマが修道院に近づくと、たちまち問題がもちあがった。デュマが女性を数人連れていたからである。もちろん、女性は修道院に入ることはできない。女性たちは五〇歩ほど離れたところに立つ別棟にとどまるように言われ、男性たちだけが修道院のなかに入ることになった。

デュマは、教会堂で礼拝を見学する。一六人の修道士と一一人の助修士が祈っているすがたを見て、いかなる理由でここに隠遁することになったのか知りたいと思う。信仰ゆえであろうか、不幸な経験の帰結だろうか。あるいは恋の情熱や犯罪ゆえかもしれない。いずれにせよ、これらの人たちの生涯は、書くに値する美しい物語であるにちがいないとデュマは確信するのだった。

礼拝のあと、ジャン＝マリーという助修士に案内されて、修道院内を見てまわった。助修士とは、修道士の生活をささえる作業をする人であり、作業の時間を確保するために、祈禱時間が修道士よりも短くなっている。当時は、訪問客の世話をするのも助修士の仕事であった。ふたりは「ローマのサン・ピエトロ寺院とおなじくらい長い廊下」を歩いていった。修道士の個室の扉にはさまざまな言葉や文章がきざまれていた。そのいくつかをデュマは書きとめた。

「孤独のなかで神は人間の心に語りかけ、沈黙のなかで人間は神の心に語りかける。」

「神は、神を愛するためにおまえを作ったのであり、神を理解するためにではない。」

バルザックが一か月後に見ることになる言葉もあった。

「逃れよ、隠れよ、沈黙せよ。」

個室のなかに入ることもできた。五日前にひとりの修道士が亡くなって、空いたままになっている個室があった。デュマは詳細にえがきだしてゆく。個室のなかは三層になっており、上階は屋根裏部屋である。中階は暖房ができるようになっており、二部屋あった。手前の部屋には仕事机があり、奥の部屋には祈禱台と寝台だ。下階は作業室で、いろいろな道具が置いてある。庭での園芸の仕事は修道士たちの唯一の気晴らしだったにちがいないとデュマは思う。

ジャン＝マリー助修士にいざなわれて、墓地にも行ってみた。ひとりの若い修道士が自分の墓穴を掘っているところを目にする。デュマが話しかけると、「この墓穴を掘り終えたら、おそらく神はわたしがここに入ることを許してくれるでしょう」と答えた。その修道士は、過去の行為をふかく後悔し、今もなお苦しみつづけているのだという。デュマが、だれかに話せばすこしは気が安らぐのでありませんかと言うと、修道士はその言葉に心を動かされ、身の上話をしはじめた。

彼は、かなり身分の高い、裕福な家の出身であった。七年ほどまえに、彼の母が所有する田舎の土地の隣に有名な将軍とその妻が引っ越してきた。妻のカロリーヌは妊娠していたが、たいへん美しい女性であり、彼はすぐに恋におちた。愛は日ごとにつのり、カロリーヌに手紙を書くが、貞淑な妻であるカロリーヌは手紙を夫に見せてしまう。夫に糾弾されて、彼は館を離れざるをえなくなり、イタリアを放浪する旅に出た。一年がすぎ、カロリーヌへの思いも冷めたのでパリにもどってきた。偶然に将軍に再会し、彼の落ち着いた態度に安心した将軍は、彼を田舎の館に招待する。彼は、旅先で知り合って友人になったエマニュエルという青年をともなって館へ出かけて行った。

カロリーヌと再会すると、ふたたび愛がこみあげてきた。ある夜、将軍が留守にしていたとき、カロリーヌの部屋の窓下にたたずんだ。するとひとりの男が彼女の部屋に入って行くのが見えて、灯りが消えた。明け方になって部屋から出てきたのは、なんと友人エマニュエルだった。そこで彼はエマニュエルの召使いを買収し、いろいろと秘密を聞き出し、カロリーヌがエマニュエルに書き送った手紙すべてを手に入れた。ふたりは二年前から愛人関係にあり、カロリーヌが生んだ子は、将軍ではなくエマニュエルの子だったのである。怒りのあまり、彼はカロリーヌを脅して、手紙を返してほしければ自分と夜を共にするようにと言う。カロリーヌは迷ったすえに彼の要求に応じたが、彼は手紙を一通しか返却せず、一回につき一通だと言い放った。カロリーヌはさらに二日つづけて彼の部屋に来たが、三日めにエマニュエルとともに自殺をしてしまった。

修道士の告白はここで終わる。デュマは、まえもって修道士に約束していたとおり、彼の名前を聞くこともなく、すぐに大シャルトルーズを離れた。

こうしたことすべてはデュマの作り話であろう。話すことを禁じられているシャルトルーズ修道士が、世俗人にむかって長々と打ち明け話をすることなどありえない。おそらくデュマは、修道士たちがなぜ大シャルトルーズに入ったのかが理解できずに、愛の情熱と不幸な体験とを結びつけた悲しい物語を創作してみたのではないだろうか。

デュマの訪問から五年ほどして、スタンダールも大シャルトルーズ修道院をおとずれている。そして、フランス国内をまわる旅行記『ある旅行者の手記』のなかで、修道院のことを詳しく描きだしたのである。

一八三七年の八月、スタンダールは南フランスを周遊する旅をしていた。グルノーブルにしばらく滞在したあと、九月一日に大シャルトルーズへ向かった。途中でグルノーブルからの団体客と出会い、いっしょに旅をすることになった。そのなかに女性が六人いたので、大シャルトルーズに近づくと、またもや問題がもちあがった。

ジャン＝マリー助修士が大急ぎで駆けつけてきて、女性はこれ以上近づいてはいけませんと言った。修道院から離れたところにある病舎にとどまってください、と。団体客たちは文句を言うが、スタンダールは理解をしめした。「俗世間と人間にうんざりした気の毒な人たち」が「驚くべき高地の、恐ろしい岩山のあいだの静寂の地に隠れ場所をもとめている」のだから、「忘れたいと思っている耐えがたい苦しみ」を思い出させるようなことをしてはならない、と。スタンダールも、デュマやバルザックとおなじように、修道士とは愛に絶望して世間から逃げだした人たちだと考えていたのだろうか。

デュマとおなじように、スタンダールも教会堂での礼拝の見学もした。さしたる感慨もなく、修道士たちが身をかがめる姿勢が奇妙だと思ったくらいであった。スタンダールは概して冷たい目で大シャルトルーズを見ている。建築が平凡であるとか、とても単調な生活だとか、美しい図書室があってもだれも使わないとか、修道士の個室には庭があるがだれも耕作をしないとか、そっけなく語っている。

案内をしてくれた助修士の名がジャン＝マリーであることや、女性が修道院に入れないという問題が生じたこと、教会堂で礼拝を見学したことなど、デュマの旅行記と酷似している点が気になる。スタンダールの旅について調べてみると、彼が実際に大シャルトルーズをおとずれたのは、記述よりも三〇年以上まえの一八〇五年であり、その後は二度と赴いていないことがわかった。大シャルトルーズ見学記は、三〇年まえにいちど行っただけの場所について、ごく最近に行ったかのように書くというスタンダールの捏造だったのである。

一八三〇年代は大シャルトルーズへの関心が高まっていた時期だった。七〇〇年以上隔絶され孤立していた修道院が、荒廃ののち再建され、すこしだけ開かれたからである。だからバルザックもデュマもおとずれたのだろう。スタンダールも、南フランスをめぐる旅行記には大シャルトルーズ見学は欠かせないと考えたにちがいない。『ある旅行者の手記』が刊行されるまえに、本の近刊広告が九つの新聞雑誌に掲載されたが、そのなかで本の内容に言及している五つの広告すべてに、「大シャルトルーズの描写」が見どころであると宣伝されていた。

とはいえ、何十年もまえに行った場所について詳しく書くのはむずかしかっただろう。スタンダールは、デュマたちの旅行記やさまざまな資料を取り入れて書くしかなかったのではないか。自分が実際に見聞きしたことではないから、記述もそっけなくなったのかもしれない。

孤独と沈黙の修道院。言葉をなりわいとする作家たちが興味をもったのも不思議ではない。言葉への愛の裏には、沈黙への憧憬もあるからだ。音楽が静寂を必要としているように。作家たちは大いに考えたにちがいない。修道士たちはなぜ沈黙の修道院に入ったのか、沈黙のなかで何を考えて生きているのか、と。

その答えを見出すことはできなかった。バルザックは、『田舎医者』と『アルベール・サヴァリュス』の小説において、愛する女性を失った絶望から大シャルトルーズに入った男をえがき、修道院に入ることは「世間的に死ぬ」ことであると書かざるをえなかった。デュマも、愛する女性を追いつめて死なせたことへの後悔から大シャルトルーズに入って自分の死を待つ男の話を創りあげた。スタンダールも『パルムの僧院』で、愛する子どもと女性を失った絶望からパルマのシャルトルーズに入り、一年後に死んだ男のことを語った。

三人の小説家にとっては、人がシャルトルーズに入る理由は、愛する女性を失った絶望ゆえであり、修道院で人知れず死ぬためであるとしか考えられなかったようである。言葉に生きる作家たちには、沈黙のなかで生きつづける意味がどうしても理解できなかったのであろう。

シャトーブリアンは一八〇五年に、まだ荒れ果てていた大シャルトルーズをおとずれたが、自伝にそのことを簡単に書いただけで、その経験を旅行記のなかに詳述することはなかった。修道士のことを小説にして語ることもなかった。亡き姉が最後に身をよせた修道院という場所について、軽々しく語ることはできなかったのかもしれない。その後は二度と大シャルトルーズにおもむくことはなかった。

最晩年の一八四六年になって、シャトーブリアンは評伝『ランセの生涯』を書いた。ランセは、荒廃していたトラップ修道院を再建し、トラピスト会（厳律シトー会）の礎を築いた人である。シャトーブリアンの最後の作品となったこの評伝には、四〇年前におとずれた大シャルトルーズについての彼なりの解釈が語られているように思われる。

ランセは貴族の生まれであり、文芸に秀でた社交人であり、文献学者としても名高い人であった。一六五七年のある日、三十一歳のランセは突然、ひとことも言わずに隠遁し、やがてノルマンディーのトラップ修道院に入ってしまった。このことについてシャトーブリアンは、ランセが狩猟から帰ってきたときに、愛する女性が遺体になっているのを見たことが原因だ、と言う。やはりバルザックやデュマとおなじように、愛する女性を失った絶望から修道院に入ったと考えたのだろうか。そうではなかった。シャトーブリアンは言う。

「ここでランセの新たな生がはじまる。ふかい沈黙の領域へ入る。ランセは若き時代を断ち切って、追いはらい、もう見ることはない」(第三章冒頭)。

ランセは死を待っているのではなく、「新たな生」に入ったのである。修道院へ入ってからのランセは「ものを書くことも、日記をつけることもしなかった」。個人的な感情については「ふかい沈黙」をつらぬいた。だが宗教的な著作は多く残し、修道院改革のために大いに語った。自分の苦しみにはいっさい口をつぐみ、あらゆる人の苦しみのために祈るという「新たな生」をはじめたのである。

シャトーブリアンはトラップ修道院の所領について、こう語っている。

「ここでだれが生まれ、だれが死に、だれが泣いたのか。静かだ。鳥たちが空高く、ほかの土地へと飛んでゆく」(第二章)。

長い時の流れのなかで苦しみ死んでいったあらゆる人のために修道士たちは祈ってい

る、とシャトーブリアンは感じたのだろうか。

ランセが老いたとき、若い修道士が病気で死ぬということがあった。死ぬときに修道士はランセにほほえみかけた。その微笑についてシャトーブリアンは言う。

「カシミールの谷間を旅する人をなぐさめる、あの名もなき鳥の声を聞くような思いがした」（第四章）。

「カシミールの谷間」とは、前に進むのも困難な孤絶した場所をさすのだろうか。ひとりで苦しんでいる人をなぐさめるように鳴く鳥。シャルトルーズでもトラップでも、修道士とはこの名もなき鳥のようだとシャトーブリアンは思ったのだろうか。年老いてみずからの死が近づいたとき、シャトーブリアンはようやく沈黙と祈りの意味に気づいたのかもしれない。

作家たちのさまざまな言葉を読んでいると、もういちど『大いなる沈黙』の映画を見たいと思った。

映画の冒頭で、ひとりの修道士が個室の祈禱台で祈っているすがたが大きく映しだされる。祈りの場面は長くつづく。そのあと、教会堂で修道士たちが集まって祈っている場面になる。この場面も長い。映画では、祈っているすがたが、たえず、長く、映されてゆく。個室でひとり静かに、あるいは教会堂で声を合わせて、あるいは礼拝堂でひとりうずくまって、修道士たちはひたすら祈っている。

そうするあいだに季節は移りかわってゆく。はじめは、修道院はふかい雪に閉ざされていた。雪がすこしずつ溶けて、地面がまだらに見えてくる。庭の草花や野菜が芽を出し、やがて葉がひらき、花が咲く。森や林も、白い雪景色であったのが、けぶった新芽色になり、あざやかな新緑色になって、緑はだんだんと濃くなってゆく。雪どけ水がながれて小川になり、まわりの木々は生き生きと輝く。

そうした自然の変化を全身で受けとめながら、修道士たちはずっと祈っている。ひたすら祈っている。修道士たちが、もし絶望のなかで生きているとしたら、このように強い意志をもって祈りつづけることはできないであろう。

修道士の日々の生活は細かく定められている。規律に縛られているかのように思われるが、だんだんと、彼らがかぎりなく自由であるように見えてくる。いちど入ってしまった修道院に閉じこめられて、束縛されているのではない。そこにとどまることを自由にえらびとっているのである。実際に、大シャルトルーズに入った人の八割近くが、やがては心のおもむくままに修道院を去ってゆくという。

修道士たちは、個室のなかでは完全に自由だ。自律した生活をおくっている。一日に七回、個室でのお祈りの時間が定められているが、それを怠ったとしても責められることはない。

どの個室も間取りはおなじであるが、部屋のなかに置く物はそれぞれの修道士が自分の思うように決めている。ある若い修道士の部屋には、家族の写真や本やノートや辞書など、たくさんの物が置かれている。べつの修道士の部屋には机といす以外に何もなく、がらんとしている。それゆえ、かえって自由に見える。物は人を束縛するということがよくわかる。

週に数時間しか話すことを許されず、ずっと沈黙をつづけているが、その沈黙もまた修道士の心をいっそう自由にしているように思われる。言葉とは自己顕示であり、したがって心にさまざまな欲望と不自由とをもたらすのではないか。沈黙とは大いなる自由なのである。

「散策」の時間に、ふたりの修道士が雪をふみしめて岩山に登ってゆく場面があった。修道院から数百メートル高いところまで上がると、大きな岩のうえに立ち、眼下の修道院を見つめ、そして祈った。そのとき、ふたりのほうに一羽の黒い鳥がピョッピョッと鳴きながら飛んできた。ショカールだ。

ショカールは、カラスに似た黒い鳥で、ヨーロッパ・アルプスの高山に生息している。ヒマラヤにも棲んでいるという。とくに岩場や雪山で見かけることが多い。アルピニストたちはショカールが大好きで、見つけるとかならず「あそこにショカールがいるよ」

とうれしそうに言う。わたしは、はじめはあまり関心がなく、カラスみたいな鳥だと思っていたが、カラスとはまったく違うことがだんだんとわかってきた。

羽毛は真っ黒だが、くちばしは鮮やかな黄色で、足は赤い。鳴き声は「ピョッピョッ」とかわいらしく、声の高さはすこしヒバリに似ている。何よりもショカールは高い岩山に棲んでいる。標高四〇〇〇メートル以上を飛ぶこともあるらしい。雪と氷に閉ざされた岩壁のとがった先端に一羽のショカールがとまっている写真をみたことがある。まるで凍れる岩山にすっくと立つ天狗のようであった。

現代音楽の作曲家オリヴィエ・メシアンは、鳥をテーマに音楽をつくることを好んでいた。『鳥のカタログ』（一九五六〜五八年）というピアノ曲がある。一三種類の鳥が標題になっており、その最初が「アルプスのショカール」である。メシアンは、アルプスの風景を愛していた。南アルプスのメージュ峰に近いラ・グラーヴ村にしばしば滞在して、山々を歩きながら曲を構想したという。そのときによくショカールを目にしていたのだろう。

「アルプスのショカール」の曲は、メージュ氷河のほうへ山道をどんどん登ってゆく場面からはじまる。山々と絶壁のすばらしい風景。一羽のショカールが現れて、鳴きながら断崖のうえを飛びまわる。「静寂のなかの悲劇的な声」と楽譜に書かれている。獰猛でしゃがれ声の大ガラスが現れる。威厳のあるワシも現れる。ショカールは断崖のうえを鳴きながら飛びまわる。ショカールは二羽になり、ひらひらと軽やかに、あるいは鋭い角度で、壮大な岩山の風景のなかを飛んでゆく。

この一〇分間ほどの曲を聴いていると、ショカールを見つめるメシアンのすがたが目にうかんでくる。正面に雪の高峰を見ながら氷河のほうへ歩いてゆく人が、岩壁のあいだを鳴きながら飛ぶショカールに気づいて、友を見るような目でショカールをながめているすがただ。

アルピニストたちも、そのような気分でショカールを見ているのだろう。氷壁を登っているとき、まわりに生きた動物のいない孤絶のなかでショカールを見つけると、友に会ったような気持ちになるにちがいない。ショカールがまわりを飛びまわっていると、ここまで登ってきた自分を歓迎してくれていると感じることだろう。

はるか昔の一七八六年に、ミシェル・パカールとジャック・バルマがモンブランに初登頂したとき、ふたりはショカールを見たという。パカールはノートに書きとめている。

「頂上近くで、黄色いくちばしの黒い鳥を二羽見た。」

二百数十年前にも、ショカールは高峰にやってきた登攀者たちを迎えていたのである。

シャルトルーズのふたりの修道士が雪の残る岩山で祈っていたときも、ショカールはまるで仲間のところに来るかのように、ピヨッピヨッと鳴きながら近くへ飛んできた。岩山に登ってきた修道士を歓迎するかのように。

『大いなる沈黙』の映画のなかでは、修道士たちの顔がなんども映しだされた。真正面から大きく、ひとりずつ映されてゆく。カメラをじっと見すえる修道士もいれば、何でも見てくださいとばかりに虚心に顔を向ける修道士もいる。見えない目を閉ざして長いまつげを見せている修道士もいれば、深い湖のような目でじっと見つめる修道士もいる。二〇人ちかい修道士と助修士のまなざしをつぎつぎと見ていった。

ひとりだけ、ベッドに横たわったままの顔を見せている老修道士がいた。重い病でふせっているようだ。苦しい息のなかで、ひたすらカメラのほうを見つづけていた。長いあいだ、じっと見つめていた。映像が消えようとする瞬間に、その老修道士は、かすかにほほえんだ。美しい微笑だった。

トラップ修道院で、死につつあった若い修道士の最後の微笑について、シャトーブリアンが書いた言葉を思い出した。

「カシミールの谷間を旅する人をなぐさめる、あの名もなき鳥の声を聞くような思いがした。」

デュマの熊のステーキ

モンブランのふもとの町、シャモニー。役所のある広場に行くと、いちばん奥に白いサン＝ミシェル教会が尖塔を空にすっとのばして立っている。かたわらには、石造りのどっしりとした建物がある。かつては司祭館だったらしいが、いまは「山の家」とよばれて、「シャモニー山岳ガイド組合」の事務所になっている。

入り口のドアを押して入り、つきあたりまで進むとカウンターがある。山のスポーツにかんすることなら何でも相談にのってくれる。高峰や岩壁に登攀したい人には高山ガイドを紹介してくれるし、スキー好きの人にはゲレンデでの講習や遠征ツアーの情報をおしえてくれる。のんびりと山を散策したい人には、簡単なハイキングや遠足の日程を知らせてくれる。

冬にとりわけ人気があるのは、ラケット遠足だ。「ラケット」とは、ふかく積もった柔らかい雪の上を歩くために足につけるものであり、「西洋風かんじき」といったところである。軽量金属と強化プラスティックでできており、頑丈なので、急斜面をザクザクと降りてゆくといった大胆な動きもできる。ラケットを足につけると、ふかい雪の上をどこまでも歩いて行けそうな気分になる。英語では「スノーシュー」といい、日本でもそう呼ばれているが、フランス語の「ラケット」のほうが、その形状を思いおこさせるし、雪の上を歩くときのリズムと楽しさをよく表わしているような気がする。

ずいぶん前の冬に、ガイド組合の企画する「ラケット遠足」に参加したことがあった。講習をかねた道案内をしてくれたのはハイキングガイドのフランソワーズだった。生徒は八人で、大きめのワゴン車に乗りこんでシャモニーを出発した。これから向かう山の名前をたずねたが、なんど聞いても覚えられず、どこへ行くのかよくわからないまま、車は北東に向かってぐんぐん走っていった。やがて国境を越えてスイスに入った。スイスの山だから、名前を聞いてもわからなかったのだろう。

いくつか峠をこえて、家が数十軒あるだけのトリアンという小さな村に入った。村の真ん中に素朴な教会が立っている。「バラ色の教会」と呼ばれているそうだが、長い年月のあいだに色あせて、白っぽい薄桃色になっていた。この色のほうが、静かで慎ましい村には合っていると思ったが、のちに外壁が塗りなおされて、あざやかなバラ色の教会になったそうである。

車は、つづらおりの道をしばらく登ってゆき、森の入り口の空き地で停まった。フォルクラという峠の近くらしい。標高一四〇〇メートルぐらいということだった。ここでラケットをつけて、歩きかたの講習をうけてから、ふかい森のなかに入っていった。

雪につつまれた森はとても静かだった。歩いていると、ラケットが雪にあたるバタバタという音が耳につくので、ときおり立ち止まって、じっと耳を澄ませてみる。何の音もしない。音のない部屋のなかにいると、かえって耳鳴りや鼓動がうるさく感じられるものだが、雪の森のなかではあらゆる音が雪や木々に吸いこまれるので、不思議なほどの静けさだ。静寂がからだに沁み込んで、自分自身が透明になってゆくような感じがする。白い木々をながめながら静けさに耳をかたむけていると、ふと遠くから鳥の声が聞こえてきて、はっとわれにかえり、またみなで歩きはじめる。

ガイドのフランソワーズがときおり雪の上を指さして、動物の足あとがありますよ、と教えてくれる。これはウサギ。あれはシャモア。

「シャモア」とは、アルプスに生息する野生のヤギの一種で、夏でも冬でも山を散策しているとよく見かける。シャモニー観光案内所が出しているパンフレットのなかにシャモアの説明があって、「その蹄はラケットの代わりになる」と書いてあった。雪の上での動物の足の動きを表現するのに「ラケット」という言葉を用いるとは、いかにもシャモニーらしい。シャモアの足は、岩場ではクライミングシューズのようになるらしく、ほとんど垂直の岩壁にこともなげに立っているすがたを見たこともある。

しばらく歩いていると、直径二〇センチメートルもありそうな大きな足あとを見つけた。思わず、熊だ、と声をあげると、すかさずフランソワーズが、アルプスに熊はいませんよ、ピレネーにはいますけどね、と笑った。アルプスの熊は第一次大戦ごろに絶滅したという。その後、目撃情報もあったようだが、それも第二次大戦前のことらしい。ピレネー山脈では、二〇〇〇年になっても熊が数頭、なお生存していたそうである。

ラケット遠足はつづいた。雪の斜面をどんどん登ってゆき、「ポワント・ロンド（丸い頂）」という頂上に着いた。標高は二七〇〇メートル近くあるらしい。三六〇度ぐるりと見わたすことができた。東の方角にマッターホルンが見える。とても遠いので小さくしか見えないが、その特徴的なかたちからマッターホルンだとわかる。北西方向にはエメラルド色の湖があった。空中湖と言いたくなるほど高いところに宙づりになっているように見えた。ダム建設によってできたエモソン湖で、実際に標高二〇〇〇メートル近いところにあるという。

フランソワーズが遠くを指さして、あれがマルティニの町ですよ、と言った。北東の方角に、すこし谷間に隠れるようにして、大きな町が横たわっていた。

マルティニ。その地名を聞いてすぐに、熊の町だと思った。アルプスに熊はいないと聞いたばかりなのに、マルティニと聞くとどうしても熊のことを思ってしまう。小説家のアレクサンドル・デュマが、マルティニの熊の話を書いていたからである。十九世紀前半のことだから、まだアルプスに熊がたくさんいた時代だ。デュマは、マルティニの宿で「熊のステーキ」を食べた、とスイス旅行記のなかで書いていたのである。

パリやジュネーヴから電車でシャモニーへ行こうとすると、ル・ファイエという町で赤と白のかわいらしい「モンブラン急行」に乗りかえてシャモニー谷に入ってゆくことになる。「急行」といっても、各駅に停まるのんびりとした電車で、ル・ファイエ駅から四〇分ほどでシャモニー駅に着く。ほとんどの客はそこで降りるが、電車はずっと先まで走ってゆく。国境を越えてスイスに入り、さらに長い旅のすえにマルティニに着く。シャモニーから一時間半あまりもかかるらしいから、マルティニは山奥の村だろうと思いこんでいた。十九世紀に宿で「熊のステーキ」が出されたぐらいだから、現在でも野趣あふれる町なのではないだろうか、どんなに山深いところなのだろう、と。

実際には、マルティニはシャモニーよりもずっと大きな町で、ローマ時代からの歴史があり、昔も今も交通の要所となっているようである。デュマがシャモニーをおとずれたときも、マルティニを拠点としてシャモニーへ往復している。わずか三日間だけの短いシャモニー滞在のあとにマルティニにもどってきたとき、デュマは「『スイスの』ヴァレ州の中心地にもどってきた」と、ほっとしている。

デュマより五〇年ほど前にシャモニーをおとずれた詩人ゲーテも、シャモニーから山々を越えてマルティニにたどり着くと、「ようやくヴァレ平野のマルティニに着いた。ここで休息したい」と『スイス紀行』のなかで安堵の気持ちをしるしている。ほんとうは「ヴァレ平野」ではなく、ローヌ川の流れがつくった「ローヌ谷」なのだが、シャモニーから来ると平野のように見えたのだろう。シャモニーの町の標高は一〇〇〇メートル以上あるが、マルティニは四〇〇メートルにも満たない。ゲーテが険しい山道を下ってきてマルティニの町を遠望したとき、目の前に平野が広がっていると思ったのも、ふしぎではない。

デュマがマルティニをおとずれたとき、彼は三十歳であり、三か月におよぶアルプス旅行の途中であった。旅のようすは、翌年の『両世界評論』誌に『旅の印象』というタイトルで連載された。その第一回に掲載されたのが、マルティニで熊肉を食べたという「熊のステーキ」の話であった。その旅行記によって、マルティニの町はいっそう有名になったのである。

一八三二年秋の夕方のことだった。

デュマはマルティニの馬車駅の宿に到着した。ナポレオンの皇后マリー・ルイーズも立ち寄ったという立派な宿である。デュマが、今夜は宿で夕食をとりたいと言うと、宿の主人は秘密を明かすようにささやいた。「だんなさまは運がいいですよ。今日はまだ熊の肉がありますから」。熊肉が食べられるとは思っていなかったデュマは、はたして美味しいのだろうかといぶかる。主人は「うちの熊肉をいちど食べたら、ほかの肉など食べられやしませんよ」と断言した。

まもなくして、デュマのテーブルに大きなステーキが運ばれてきた。「熊のヒレ肉です」。牛肉のステーキとそっくりに見える。デュマは食べるのをためらい、肉をなんども裏がえした。「さあ、召し上がってください。そして感想を言ってください」。しかたなく、ごく小さな一切れをとり、バターをたっぷりつけて、おそるおそる口に入れた。つぎにかなり大きな一切れを口に入れた。「なんと、これが熊の肉なのか、ほんとうに熊の肉なのか、とても美味しいぞ」。ひたすら食べつづけた。

主人は満足して言った。「これは巨大な熊でしてね、仕留めるのにとても苦労したのですよ」。「そうだろうな」と、最後の一切れを口に入れた。「その熊は、自分を殺そうとしている猟師のからだの半分を食べてしまったのですから」。デュマは、口の中にあった最後の一切れをぺっと吐き出して怒った。「食事をしている人間に向かって悪い冗談を言うものじゃない」。「冗談ではありません、ほんとうのことです」と、宿の主人はつぎのような話をはじめた。

マルティニの近くのフーリ村に、ギョーム・モナという貧しい農夫が住んでいた。毎夜、梨畑から梨が盗まれるので、近所の子どものしわざだと思って、こらしめてやろうと待ち伏せした。すると闇のなかから、急に一頭の熊が現れた。あまりにも近くに現れたので逃げる暇がなく、ギョームは死んだふりをして見ていた。熊は梨の木にするすると登ると、しばらくのあいだ梨の実を食べつづけ、やがて森に帰って行った。翌晩、ギヨームは銃をかまえて再び待ち伏せをした。熊がやってきて、また梨の木に登ろうとしたとき、引き金をひいた。銃声と熊の吠える声が村じゅうに響きわたった。それから人の悲鳴が聞こえた。隣人のフランソワが駆けつけると、傷を負った熊がギヨームのからだを引き裂いているところだった。フランソワも銃の引き金をひき、熊は倒れた。近づいてみると、熊はギヨームのからだを押さえこんだまま倒れており、ギヨームのからだは熊に食い荒らされ、頭はほとんど食べられてしまっていた。村人たちが駆けつけてきて、ギヨームのために涙した。

宿の主人は説明した。そういうわけで、みながギヨームの未亡人のために寄付をすることになったのです。隣人のフランソワは、熊の毛皮と肉を売って、それで得たお金を未亡人に渡しました。だんなさまも寄付をしていただけませんか。デュマは「わかったよ」と、寄付をすることにした。

この「熊のステーキ」の話が翌一八三三年初めの『両世界評論』誌に発表されると、大きな驚きと好奇心をもって読まれ、大評判になった。いまも熊肉を食べている地方がある、というマルティニにとってはあまりありがたくない評判であったが、アルプス地方への好奇心をあおることになり、スイスへの観光客はふえていった。

十九世紀前半にはこんなこともあったのだと、わたしも『両世界評論』の読者のように興味をもって読んだ。もしかしたら、今でもマルティニに行けば熊のステーキが名物料理として残っているかもしれない、などと思ったりもした。調べているうちに、この話はそれだけでは終わらなかったことがわかった。「熊のステーキ」の話は、意外な悲喜劇をまきおこすことになったのである。

デュマのアルプス旅行から二年ほどが過ぎたころ、ジョルジュ・アランダという青年がマルティニにやってきた。アランダはデュマの旅行記を読んで大いに興味をもち、自分も熊のステーキを食べてみたいと思って馬車駅の宿をおとずれたのである。アランダはそのときのことを手記に書いて雑誌に発表しており、それによってマルティニの宿で何が起こったのか、おおよそを知ることができる。

アランダは、宿の主人にむかって「わたしも熊のステーキをいただきたいのですが」と言ったという。宿の主人は「冗談にもほどがあります」と取りあわなかった。アランダはしつこく「評判になっている熊のステーキをぜひ食べたいのです」と言った。「ただし、猟師を食べたのではない熊の肉をお願いしたいのですが」とつけくわえると、宿の主人は急に大声でどなりはじめた。「熊のステーキだって？　熊のステーキか！　もうがまんできないぞ！」。アランダはわけがわからず、かさねて言った。「アレクサンドル・デュマが泊まったのはこの宿ですね。でしたら、ご主人がデュマに熊のステーキを出したわけですね」。主人はさらに興奮した。「アレクサンドル・デュマなんて人は知りませんよ。いいですか、ぜんぜん知らない人なんです。」

アランダは途方にくれた。デュマが、この宿で主人に給仕をしてもらって熊のステーキを食べたと旅行記に書いているのはどういうことなのか。そのことをたずねると、主人は「うそです、うそです、ひどい中傷です」といっそう怒った。

ギョーム・モナという人の話もうそだし、熊のステーキのことも聞いたことがないし、そもそも宿の主人である自分がレストランで給仕をしたりするわけがないのだ、誇りを傷つけられた、と大いに嘆き怒った。かたわらにいた山岳ガイドも、主人の言うとおりだと証言した。フーリ村で男が熊に殺された話など、いまだかつて聞いたことがない、と。詳しく聞けば聞くほど、アランダは宿の主人の言うことを信じるしかなかった。

しかたなく、ごく普通の食事をとり、宿を出ようとしたとき、主人が真剣な顔で一枚の紙をアランダに差し出した。それは宣言文だった。

「わたくしは、アレクサンドル・デュマ氏が『旅の印象』のなかで語ったこと、すなわち、ヴァレ州フーリ村における例の熊退治の件とそれにまつわる事柄は、すべて偽りであると断言いたします。わたくしは、デュマ氏に給仕させていただいたことなど全くありませんし、ましてや、熊退治の話などしておりません。昔から、フーリ村で熊を殺したことなど全くありません［……］。」

アランダは宿の主人に大いに同情し、この宣言文をフランスの雑誌に掲載することを約束した。ただし、あまり効果はないと思いますが、ともつけくわえた。「熊のステーキ」の話はたいへんおもしろがられており、フランスではおもしろいことこそが重要だからです、と説明した。宿の主人は、これは自分の誇りの問題であり、事実を明らかにさせたいだけなのです、と答えた。

年が明けた一八三五年一月に、この宣言文は、アランダの手によってリヨンの地方誌に発表された。『リヨン評論』という知識人向けの雑誌だった。アランダの手記は三五ページにもおよぶ長いものであったが、冗漫で読みにくく、しかも小説仕立ての旅行エッセーのようになっていた。そのなかで宣言文が引用されたので、信憑性はなくなり、読者の興味をひくことはなかった。

その年のうちに、パリでは、デュマの『旅の印象』全二巻の新版が大々的に出版された。「熊のステーキ」は、『両世界評論』誌に発表されたときとまったく同じ文章のまま第一巻に収められた。やはりアランダの文章は、本人が予想していたように「効果はない」もので終わったのだ。マルティニの宿の主人にとっては気の毒な結果になってしまったが、とにかく、「熊のステーキ」事件もとりあえずは落ち着いたように思われた。ところが、騒動はそのあとも長く続いてゆくことになる。

七年あまりがすぎた。一八四二年の夏、デュマは旅行でフィレンツェに滞在していた。そこへ、フランス国王の第一王子のオルレアン公が急死したという知らせが入る。葬儀に参列するために、デュマはただちにパリへ向かった。途中のジェノヴァで偶然に友人に遭ったので、いっしょに旅をすることになった。シンプロン峠を越え、ヴァレ地方を進み、またもやマルティニのあの馬車駅の宿で休むことになった。このときのことをデュマは、その一〇年後に発表した自伝『わが回想』のなかで「熊のステーキの大真相」として詳しく書いている。

デュマは名前を隠してマルティニの宿に入った。主人は気がつかない。デュマは同行の友人にこっそり耳打ちした。宿の主人はわたしのことを死ぬほど恨んでいるから、わたしの名前を出したり、熊のステーキの話をしたりすると、たいへんなことになるからね。事情のわからない友人は、宿の主人にむかって、熊のステーキがあるのですか、とたずねてしまった。そのときの主人の反応について、デュマは「人の顔がこれほど歪みひきつるのをわたしは見たことがない」と書いている。主人は両手で自分の髪の毛をかきむしって叫んだという。

「またか、いつもこうだ……。おなじ冗談を言わない旅行客はひとりもいないのか！　ああ、デュマのやつめ！　この目でやつを見る日は来ないのだろうか。決着をつけるにはわたしがパリに行かねばならないのか。やつはスイスに来ないのか。来られないだろうな！　絞め殺してやろうとわたしが待ちかまえていると知っているからな。」

宿の主人は半狂乱になり、奥の部屋に引っこんでしまった。唖然としている友人にむかってデュマは説明した。『旅の印象』はたくさんの人に読まれて、本はなんども増刷された。好奇心のつよい観光客たちがこの宿にやって来て「熊のステーキ」を注文しない日はなかった。フランス人もイギリス人も主人を困らせたのだ。デュマはさらにつけくわえて言った。

「これがフランスの宿屋であったなら、この好機を逃さなかっただろうにね。『馬車駅の宿』ではなく『熊のステーキの宿』と看板を替えただろうさ。そして近隣の山々の熊肉を買い占めたことだろう。熊肉が足りないときは、牛でも猪でも馬でも出して、わけのわからないソースで味つけをしておけばよかったのだ。そうすれば三年で大金持ちになっていただろうに。」

まだ納得のできない友人はたずねた。「それにしても、この熊の話のなかで、どこまでが事実なんだい」。「すべてが事実で、なにも事実ではない、ということさ」。どういうことか。「わたしがマルティニにやって来る三日前に、ひとりの男が熊を待ち伏せし、銃で撃って致命傷をあたえた。ところが熊は、死ぬ間際にその男を殺して、頭の一部を食べてしまったのだ。その事件をわたしは劇作家としてすこし演出して書いたのさ。それがすべてだよ。」

男が熊に食べられたのは事実だが、デュマがマルティニの宿で熊のステーキを食べたというのは虚構だと認めたのである。それが「大真相」なのだ、と。

このやりとりにしても、その一〇年後になってデュマが自伝のなかで書いたことであるから、ほんとうに友人とそんな会話をしたかどうかもわからない。そもそも、デュマがマルティニに来る三日前に男が熊に食べられる事件があったというのは、宿の主人が書いた宣言文とは大きく異なっている。

結局、事実はわからないままであった。いずれにせよ、デュマとしては、「熊のステーキの宿」という看板をかければよかったのに、という思いつきだけは自分でも気に入ったようだった。この「熊のステーキ」騒動はまだ続いてゆくことになる。

デュマのマルティニ再訪からさらに二〇年ほどがすぎた一八六二年に、デュマは『愛の冒険』という小説を発表した。デュマという名前の主人公がむかしの恋愛と旅を回想するという自伝的な小説である。そこでも、デュマはまたマルティニの宿の主人のことを持ち出して、主人は「わたしに感謝すべき」なのに「恨んでいる」と語ったのだった。

「フランス人の宿主であったなら、『熊のステーキ』という看板をかけて、大儲けしたことであろう。もっとも、そんなことをしなくても宿主は「わたしの本のおかげで有名になって」儲けたようではあるが。一八三二年のあと、わたしは再びマルティニの馬車駅の宿に立ち寄ったことがあった。主人は、わたしの馬車の馬を替えるのに忙しくて、わたしには気づかなかった。もし気づいていたら、どうなっていたことやら。」

二〇年経ってもデュマは、新しい看板をかければよかったのにという思いつきや、主人が自分に気づかなかったことを覚えていた。ところが、同行した友人にむかって「すこし演出して書いた」と打ち明けたことは忘れてしまったのか、宿の主人のことを「熊のステーキをわたしに出してくれた、あの有名な人だ」と書いて、デュマが実際に熊のステーキを食べたかのように語っている。小説のなかだから、また「演出して書いた」のだろうか。

さらに七年がすぎる。最晩年の一八七〇年になって、デュマは『料理大辞典』という本を書く。大食漢で食通だったデュマが最後に執筆し、死の数か月前に書き終えたのは料理と食材についての本であった。

この本は、「辞典」の名にふさわしく、食材や料理の名をアルファベット順にならべて説明してゆくというものであった。デュマは「熊」の項目をつくって、熊肉がごく普通の食材であるかのように述べている。その項目では、まずはじめにマルティニの「熊のステーキ」事件にふれたのだった。「熊のステーキ」が雑誌で出版された当時の反響について、こう書いている。

「文明化されたヨーロッパにおいて、熊の肉を食べる地方がある、と大胆にも語った人間にたいして、大いなる非難がなされたのだ。」

やはり熊肉を食べたことになっているようである。デュマは続けて言う。

「わたしがたいへん驚いたのは、この騒動をもっとも喜ぶはずのマルティニの宿の主人が怒り狂ったことである。彼はわたしを非難する手紙をよこした。新聞や雑誌にも、自分は客に熊肉を出したことなど一度もない、という署名入りの宣言文を送りつけて、それを掲載するように要求した。だが、宿にやってくる客の全員が最初に『熊肉はありますか』とたずねるものだから、彼の怒りは増すばかりだった。もし、この愚か者が『ありますよ』と答えて、熊のかわりにロバか馬かラバの肉でも出して食べさせるという頭があったなら、大金を儲けていたところなのだが。」

死の数か月前になっても、デュマは四〇年前の「熊のステーキ」事件を忘れられないでいる。自分が書いた虚構によって宿の主人を苦しめたからではない。虚構であったかどうかなど、どうでもよかった。せっかく自分があたえた好機を宿の主人が利用しなかったことにたいする悔しさだけが残っているのである。

デュマは生涯をつうじて名声と富を追いもとめた人だった。いかなる逆境も利用する強靱な精神の持ち主であった。そのようなデュマから見ると、マルティニの宿の主人はまさに「愚か者」だったのだろう。

ヨーロッパ中世においては、高い山は恐ろしい場所であり、すすんで山へ出かける人などいなかった。十八世紀後半になると、スイス山岳地方への旅がさかんになってくる。その変化をもたらしたのは、ひとつにはジャン＝ジャック・ルソーの小説『新エロイーズ』であった。スイスのレマン湖畔を舞台とした、貴族の娘ジュリと平民の家庭教師サン＝プルーの身分違いの恋の物語である。愛と道徳のあいだで苦しむふたりのすがたは読者に感銘をあたえた。小説のなかで描かれた山々の風景の美しさも読者をひきつけた。山についてサン＝プルーが語った言葉は読者の心にひびいた。

「高い山々の上に行くと、呼吸はいっそう楽になり、身体はいっそう軽やかになり、精神はいっそう穏やかになります。」

『新エロイーズ』は一七六一年に出版されると、ただちにヨーロッパじゅうでベストセラーとなり、多くの読者がスイスの山へ行ってみたいと思うようになった。

おなじころ、ジュネーヴの若き博物学者オラース＝ベネディクト・ド・ソシュールがシャモニーの町をおとずれて、ヨーロッパの最高峰モンブランに興味をもった。自分でモンブランに登ってみたいと思うようになり、登頂ルートを見つけた者には賞金を出すと発表した。一七六〇年当時は、モンブランは「呪われた山」と恐れられていたので、ただちに試みようとする者はいなかったが、最高峰の登頂にたいする賞金という話題は人びとの興味をひき、シャモニーをおとずれる観光客はふえていった。

『新エロイーズ』によるスイス山岳地方への憧憬と、モンブランを見てみたいという好奇心と。十八世紀末には、ルソーの愛読者たちがスイスだけでなくシャモニーもおとずれるようになったのである。

ゲーテもそのひとりだった。彼はルソーを尊敬していた。一七七九年にバーゼルからベルンへ行く途中に、ルソーが迫害から逃れて住んだサン＝ピエール島（ビエンヌ湖の中の島）の家をたずねている。ルソーの苦難に涙し、部屋の壁に自分の名を書きこんだほどであった。さらにベルンからローザンヌへ向かったときには、『新エロイーズ』の舞台であるレマン湖畔のヴヴェー村をおとずれて、ここでも感動し、涙している。

ところがルソーの生地であるジュネーヴに着くと、ゲーテはルソーよりもソシュールのほうに興味をしめし、ソシュール家を訪問し、シャモニーへ行くにあたっての助言をもとめている。実際にシャモニーに近づいて、光り輝くモンブランを目にしたときには、その美しさに感嘆したのだった。ゲーテの行動は、ルソーとモンブランの両方に心魅かれてアルプスを旅した当時の人たちのようすをよく表わしている。

スイスの山々や湖、モンブランのふもとのシャモニーの町をおとずれる観光客は年ごとにふえていった。スイスやシャモニーにかんする本は、出版されるとかならず売れた。それほどまでに人びとはアルプスにあこがれていたのである。一八〇〇年代になると、そのことを利用して自分の名を高め、報酬を得たいと考える若い作家たちが登場するようになる。彼らは、ルソーやソシュールに心魅かれたというよりは、山岳旅行が流行しているという事実のほうに興味をしめし、そのことを利用したいと思って、アルプスへ向かったのである。

そんな若者のひとりがヴィクトル・ユゴーだった。一八二五年にシャモニーをおとずれたとき、彼はまだ二十三歳で、小説『ノートルダム・ド・パリ』も書いておらず、詩集をいくつか出しただけの若き詩人にすぎなかった。三年まえに結婚して子どもが生まれたので、経済的な豊かさと文学的な名声を得たいと望んでいた。

そんなとき、年上の友人で小説家のシャルル・ノディエから、いっしょにアルプスへ行かないか、という誘いをうける。ノディエは、旅から帰ったら紀行文や詩を書いて、共著で出版しようではないかと提案した。ユゴーは賛成した。『モンブランとシャモニー谷の挿絵入り詩的紀行』という書名まで決まった。出版社と契約を結んで、前金も受け取った。ユゴーは父親に手紙を書き、つまらない詩のために高い原稿料を払ってもらえるのです、と報告している。

シャモニーをおとずれたユゴーは、しかしアルプスの風景を作品にすることができなかった。若き詩人の名を高めるような詩をひとつも書くことができず、本が出版されることもなかった。ユゴーはシャモニーをおとずれたことによって多少の報酬は得たが、文学的名声を得ることはできなかったのである。

ユゴーとおなじ年に生まれたデュマは、ユゴーより七年遅い一八三二年にアルプスをおとずれた。すでに三十歳になっており、劇作家としては有名になりつつあったが、まだ小説は手がけておらず、確かな文学的名声を得るには至っていなかった。そんなときパリにコレラが蔓延する。デュマは、コレラから逃れるために、アルプス地方をまわる三か月の旅に出ようと決める。デュマも当時の若き作家としての打算から、たんに山岳地方を旅するだけでなく、アルプス旅行記を書いて報酬や名声を手に入れたいと考えた。

パリを出発して一か月ほどたった八月に、デュマは旅先から『両世界評論』誌の編集長にあてて手紙を書き、アルプス旅行記を二巻本で出したいと提案した。

「毎年、すくなくとも六月だけでも、千人から千八百人の観光客がパリからスイスへ出かけていきます。スイスで見るべきものすべてを詩的に語るような挿絵入りの旅行本があれば、よく売れることでしょう。毎年、旅行の時期になるたびに、売り上げははね上がるでしょう。」

デュマの提案は受け入れられた。彼のアルプス旅行記は、まず『両世界評論』誌上で『旅の印象』として連載され、そのあとに全二巻の単行本で出されることに決まった。

さっそく翌年の一八三三年から誌上での連載がはじまり、大評判になった。翌年に出版された単行本もよく売れた。それゆえに「熊のステーキ」は騒動になったのであるが、デュマはアルプス旅行記によって報酬も評判も手に入れたのである。

そんなデュマからすると、マルティニの主人の反応は理解に苦しむものであり、それゆえ忘れがたいことだったのだろう。ふたりは別々の理由でたがいに相手に対して怒りをいだき、その怒りと謎を残したまま、騒動の舞台から消えていった。事件の真相が明らかになることはなかった。

アルプス旅行のあいだ、デュマは手帳にメモを書きつけていた。旅のあいだに見たり聞いたり経験したりしたこと、つまり旅における事実を手帳に簡単に記していたのである。『旅の印象』の文章のなかでも、その手帳について何度か言及している。たとえば、スイスの宿では夜に入浴するのが楽しみであり、その日にあったことを浴槽で手帳にメモしている、と書いている。

何冊もあった手帳のほとんどは失われてしまい、現在では最後の一冊しか残されていない。その手帳には、シャモニー滞在の翌日から帰国前夜のトリノのことまでが書かれており、実際の旅の最終部分をかいま見ることができる。

デュマはシャモニー滞在を終えたあと、マルティニにもどった。それからシンプロン峠をこえて、イタリアに入り、ミラノやその周辺の町をおとずれて、トリノへ行き、観光などをして楽しくすごした。手帳の記述はそこで終わっているが、そのあとパリへの帰途についたという事実は知られている。ところが手帳に書かれているこうした旅程は、『旅の印象』で語られた道筋とはまったく異なっているのである。

『旅の印象』によると、シャモニー滞在を終えてマルティニにもどったデュマは、シンプロン峠ではなく、もっと西のサン＝ベルナール峠をこえて、イタリアのアオスタ経由でフランスのエクス＝レ＝バン温泉に行き、そのあと長いスイス一周旅行に出たことになっている。つまりマルティニでの事件は、デュマがアルプス旅行をはじめた七月末からまもないころだとされているのである。実際に彼がマルティニをおとずれたのは、三か月間の旅のなかでも後半にあたる九月末のことだったのであるが。

このように旅程が大きく書き変えられているなかで、マルティニやフーリ村で起こった事件の真相とは何だったのか。

手帳によると、デュマは一八三二年九月三〇日の朝にシャモニーを発ったあと、森のなかの道や断崖絶壁の脇、落ちそうな大岩の横などを恐ろしい思いをしながら歩いて、マルティニにもどったという。フーリ村やマルティニの町についての記述はないが、「マルティニ」の名は二度だけ手帳に記されている。

「マルティニからリッドまでの街道はぴんと張った糸のようだ。リッドのすこし手前にディアブルレの山。地面が盛り上がったようすがはっきりとわかる。一〇月一日九時にマルティニを出発。」

シャモニー側の山からマルティニのほうへ下ってゆくとき、峠から町や村が一望でき、マルティニから一〇キロメートル先のリッドの町まで、街道がまっすぐに伸びているのを見ることができる。そのことを「ぴんと張った糸のようだ」と言っているのだろう。街道を目で追ってゆくと、左手にはディアブルレ山がそびえている。

デュマは、峠を下ったあとマルティニの町に着いたが、町については何も書いておらず、翌朝に町を発ったことしか記していない。この夜に「熊のステーキ」事件が起こったとは考えにくい。仮にシャモニーへ行くまえにマルティニに泊まったときに事件が起こったのだとすれば、ふたたびおなじ宿にもどってきたときに何か一言あったはずである。そんな気配もない。この手帳の記述から見ても、やはりマルティニの宿で「熊のステーキ」事件に類することは起こらなかったと考えてよいだろう。

猟師あるいは農夫が熊に殺されたという事件についてはどうなのか。手帳では、マルティニから出発したあとのことは次のように書かれている。

「一〇月一日九時にマルティニを出発。シャレの村で、ひとりの農夫が熊を待ち伏せて殺した。トゥルトマンの町。滝。教会の前にいたとき、音がするので行ってみると、切り立った岩に囲まれた小さな谷の奥に滝があった。」

シャレ村はマルティニから四〇キロメートルほど行ったところにあり、トゥルトマンはさらに二〇キロメートル先である。デュマは、シャレ村を通ったときに、一頭の熊が仕留められたことを耳にしたが、足を止めることなく旅を続けて、トゥルトマンの町に入り、そこで滝を見物した。

それだけのことである。マルティニから四〇キロメートルも離れた村で一頭の熊が殺された。その事実だけから、デュマはマルティニの近隣のフーリ村における農夫殺害の話と、マルティニの宿での「熊のステーキ」の話を作りあげたのである。

熊に食べられたとされる農夫のギョーム・モナという名前は、研究者が調べたところによると、デュマが生まれ育った北フランスのヴィレル＝コトレ村における森林監視官の名前だったという。子ども時代に見知っていた人の名前を借りただけだったのだ。

なんという想像力と創造力だろう。デュマの『旅の印象』は、もはや旅行記ではなく小説になっていたと言えるだろう。もし、小説という名のもとに発表されていたとしたら、マルティニの宿の主人があれほど怒り苦しむことにならなかったであろうに。

一八三二年九月二八日は、デュマが実際にはじめてシャモニーをおとずれた日である。前夜に泊まったマルティニの宿を朝早く発って、三日間だけ滞在する予定でシャモニーに向かった。山道は険しかった。苦しい思いをして山々を越え、ようやくシャモニーの町を見おろすバルム峠にたどり着いた。デュマ一行はほっと休息した。

ひとごこちがついて、まわりの景色をながめた。いくえにも重なって続く高い峰々、いくつもの氷河。山々の上には「ヨーロッパの山の王者」のモンブランが君臨していた。デュマは「一時間のあいだ茫然とその絵のような光景をながめていた」という。

時間がすぎた。夕方が近づき、寒くなってきたので、デュマ一行は急いでバルム峠を下った。シャモニーに着いたときには、もう夜になっていた。デュマは疲れきっていたが、するべきことが三つあった。まず、宿で入浴すること。つぎに、夕食をとること。それから、ジャック・バルマを翌日の夕食に招待したいという手紙を書いて、バルマ家に届けさせることだった。ジャック・バルマは、一七八六年にモンブランに初登頂した二人のうちのひとりである。一八三二年当時、彼は七十歳で、まだ元気に登山をつづけていた。デュマは、手紙の宛名に「モンブラン王、ジャック・バルマ様」と書いた。

ふたりは二晩つづけて夕食をともにする。デュマは、バルマから初登頂のときのことを詳しく聞きだした。その数か月後に、「モンブラン王、ジャック・バルマ」と題するエッセーを書いて、『旅の印象』の連載のなかで「熊のステーキ」といっしょに発表することになる。

デュマはここでも大いに「演出」をした。ミシェル・パカールとジャック・バルマの二名によってなしとげられた初登頂の偉業を、バルマひとりが雄々しく登頂したという冒険譚に作りかえてしまったのである。その結果、モンブランの初登頂についての間違った話が流布することになる。だがパカールはすでに亡くなっていたので、マルティニの宿の主人のようにデュマに文句を言うことはできなかった。

シャモニーに着くまえに、デュマがバルム峠でモンブランの景色をながめていたときのようすを想像してみた。一時間ものあいだ、モンブランを見ながら何を考えていたのだろう。眼前に広がるすばらしい景色に感動し、それを旅行記のなかでいかに描くべきかと考えていたのだろうか。いや、そうではなく、モンブラン初登頂の物語をどのように書くべきか、と考えていたのではないだろうか。

人は高い山々をじっと見つめているとき、自己覚醒のような感覚をもつことがある。デュマは、バルム峠でモンブランをながめながら、小説家として目覚めたのかもしれない。だからシャモニーに着くとただちに、ジャック・バルマに会いたいという手紙を書いたのだろう。ふたりは二晩つづけて会い、その結果、デュマは最初の「小説」である「モンブラン王、ジャック・バルマ」と「熊のステーキ」を書きあげた。このふたつの「小説」は、『両世界評論』誌の一八三三年第一号に「旅行記」として発表された。

旅行記と小説。事実と虚構。その区別をすることがいかに難しく、いかに空しいかということをデュマの作品はしめしているように思われる。

文学作品とは、事実と記憶と虚構とから作られるのであろう。

シャモニーの裏山のフキ

大学に勤めていたときは、春休みや夏休みになるとパリに出かけて、図書館や美術館で調べものをするようにしていた。夏には、パリに行くまえにモンブランのふもとの町シャモニーに寄って、しばらく山を楽しむことも多かった。

何年かまえの九月にも、いつもの年とおなじようにシャモニーに滞在していた。ある日、ボソン氷河を近くから見てみたいと急に思いついた。

ボソン氷河は、モンブランの頂の直下からシャモニー谷まで、七キロメートル以上の距離を五〇年の時間をかけてゆっくりと流れ落ちる大きな氷の川である。谷間の村から見ると、はるかな高みにいる巨人が、大きな白い舌をぐっとこちらに伸ばしているようであり、その恐ろしさと美しさとに見とれてしまう。村から四〇〇メートルほど登ったところに「ボソン氷河の山小屋」があって、そこに行けば氷河を間近に見ることができるらしい。

シャモニーの町中から一〇分ほどバスに乗って、「ボソン氷河」というバス停で降りた。数十メートル先にリフトの山麓駅が見える。リフトは乗車距離は短いけれど、かなり急な斜面を上ってゆくので、五分あまりで「ボソン氷河の山小屋」に行けるようだ。

すぐに山小屋に着いた。小屋の裏手にまわると、赤や白の花々で美しく飾られたテラスがあり、観光客たちがくつろいでジュースやビールを飲んでいた。白い氷河はあまりにも遠くて、目の前に見えるのは砂利と石の灰色の広がりだけだった。氷河は溶けて、数百メートル上まで後退してしまったらしい。ほんとうに氷河を眼前に見るには、山小屋からさらに一時間半ほど歩いて、五〇〇メートルぐらい上にある「ピラミッド小屋」まで行かねばならないという。

ボソン氷河に寄りそうように伸びる山稜の樹林のなかをゆっくりと登っていった。トウヒやナラ、赤い実をつけたナナカマドの木々にかこまれた道は、やがてつづらおりになった。曲がっても曲がっても白い高峰も氷河も見えず、濃い緑の木々のあいだをひたすら歩いてゆくだけだった。

そんな山道にすこし飽きてきたとき、前方に高さ六〇センチメートルくらいの植物が群生しているのが目に入った。大きく広がった明るい緑色の葉が、道のわきに一〇メートルほどつづき、いったん途切れて、その先で曲がりくねりながら延々とつづいていた。まるで緑色の土手が山道に寄りそっているようだった。

近づいてみると、それはフキだった。日本で見なれているフキの葉、日本のものとまったくおなじに見えるフキの葉が、はるか先まで伸びていた。植物は、日本とヨーロッパでは、おなじ種類でもすがたや雰囲気がどこか違っているものである。気候や土壌が異なるのだから当然だろう。だから日本とおなじフキの葉を目にしたときは、うれしいというよりも驚きのほうが大きかった。

おなじような驚きを永井荷風も書いていた。荷風は一九〇八年に、一〇か月間のフランス滞在を終えて、うしろ髪をひかれる思いで帰国し、その後しばらくは大久保余丁町の父親の屋敷で暮らしていた。ある日のこと、広大な庭の片すみに植えられたトチの木にふと目をとめた。

「拙宅門内の植込の中に、一樹の橡これあり候。[……]御存じの如く橡の木と申せば、仏蘭西の国忘れかね候ものには、一際なつかしき思出の種に御座候。わが家の橡はかの国のマロニエと全く同種のものらしく、その葉その花その実まで、いささかの変りも御座なく候[……]」(「大窪だより」)。

「わが家」にあるトチの木と、フランスで見たマロニエとがまったくおなじ姿をしていることに荷風は驚いた。葉、花、実とじっと見ているうちに、なつかしさと喜びがこみあげてきた。さがしもとめていたフランスの青い鳥を自分の家で見つけたような気分だったにちがいない。

シャモニーの山道に群生しているフキが日本のものとまったくおなじに見えることに驚いたわたしも、足を止めてじっと見入った。明るい緑色の葉がかすかに揺れていた。

そのとき、突然に、長いあいだ忘れていた声が、ゆるやかな風のなかから聞こえてきた。

「裏山に行けばフキはたくさん生えていますよ。」

一五年以上まえに、シャモニーの町中のアパートで、ひとりの日本人が微笑みながらつぶやいた言葉だった。

当時、わたしは大学の研究休暇でパリに一年間滞在していた。夏と冬にシャモニーをおとずれていたが、三月になって帰国がせまってくると、もういちど行きたくなった。出かける前日にアパートの近くの寿司店に立ち寄って、いつものようにカウンター席にすわり、店長ととりとめのない話をした。あすからシャモニーに行くことにしました、と言うと、店長は意外な話をはじめた。

何年もまえに、この店で「マツイ」という日本人が働いていたのですけどね。そのひとがヴァカンスでシャモニーに出かけたあと、それっきりもどってこなくて、音信不通のままなのです。そのひとをさがしてきてくれませんか。

それを聞いたわたしは驚き、すこし緊張感をおぼえ、うれしくもなった。気まぐれな旅が重要な使命をおびてきた気分だった。

パリからシャモニーは遠い。列車で行くと二度以上も乗りかえて七時間近くかかる。長い鉄道旅のあとにル・ファイエ駅に着くと、そこで「モンブラン急行」に乗りかえて、モンブラン山群の北側に細長く横たわるシャモニー谷に入ってゆく。急行といっても、のんびりしたもので、前もって降車ボタンを押しておくと停まってもらえる小さな駅もいくつかある。

谷に入ってしばらく進むと、レズーシュ村が見えてきた。村の駅で数人の客が降りる。駅を出ると、谷を流れるアルヴ川にそって線路がすこし湾曲する。山すそをまわりこむと突然、右上にボソン氷河が現れ出る。四〇〇〇メートル以上の高みから急傾斜で垂れ下っている巨人の舌は季節ごとに色を変えて、冬には真っ白だが、夏にはすこし黒ずんで、芦毛馬のようになる。

氷河舌の長さは、長い年月とともに氷がどんどん溶けて短くなってゆくのではなく、年によって伸びたり縮んだりしていたようである。十九世紀前半に氷河はもっとも長く、谷間の村のすぐ横まで伸びていたという。村人たちは、巨人の舌に舐め取られるような気分だったにちがいない。その後、氷河は縮んだり伸びたりをくりかえし、二〇〇〇年ごろからは明らかに短くなりつづけている。

十九世紀フランスの歴史家ジュール・ミシュレは、氷河のことを「恐るべき寒暖計」と呼んでいた。一八六八年に刊行した『山』のなかで書いている。

「今日、アルプス地方では、氷河は七年のあいだは前進し、七年のあいだは後退すると考えられている。氷河が後退するときは、夏は暑く、収穫はゆたかで、生活は楽になる。ゆとりある暮らしゆえに、平和が保たれる。氷河が前進するときは、その年は寒く、雨が多くて、果実はほとんど熟さず、穀物が不足して、民衆は苦しむ。革命は遠くない。［……］恐るべき寒暖計だ。精神界も政治界も、世界じゅうが、その寒暖計を注視していなければならない」（第三章「初登頂と氷河」）。

ミシュレは、個人的な経験や感覚から歴史概念をみちびきだし、魅力的な言葉で表現して、読む者の心をとらえる歴史家である。一八六五年にシャモニーをおとずれたミシュレは、氷河を見て、そのすがたを民衆の生活や革命といった歴史の考察に結びつけたのだった。

わたしもこの『山』を読んでからは、氷河のようすが気にかかってならなくなった。ミシュレが氷河をながめたときから一五〇年以上がすぎた現在、氷河は急速に短くなりつづけており、べつの意味での「恐るべき寒暖計」となっている。

三月には山々の雪はふかい。夏には黒ずんでいたボソン氷河も、真っ白な舌をぐっと長く伸ばして夕日に美しく輝いている。そんな氷河の姿にほっとしながら「モンブラン急行」はシャモニーの町に入った。

翌日の午後に、町の観光案内所へ行ってみた。案内所は、町の中心部のサン＝ミシェル教会広場に面している。広場の奥には白く清楚な教会が立ち、その横にシャモニー山岳ガイド組合の「山の家」があって、観光客やアルピニストなど多くの人々が行き交っているから、広場はいつもにぎやかだ。

観光案内所の回転ドアを押して入った。正面の奥に大きな案内カウンターがあり、数人のスタッフが観光客の応対をしている。その左横に、本島の脇の小島といった感じですこし腰高のカウンターがあり、「日本語案内　マルガレット」という名札をつけたブロンド女性がにこやかにすわっている。マルガレットはドイツ人らしいが、シャモニーに登山をしに来てこの町がすきになり、そのまま住みついてしまったのだという。日本に行ったことがないのに流暢な日本語を話すという不思議なひとだ。マルガレットならシャモニーの日本人のことをよく知っているにちがいない。

「マツイ」というひとをさがしているのですけれど、と言うと、マルガレットはにっこり笑って即座に答えてくれた。そのひとならスネル・スポーツで働いていますよ。いま、お店に行けば、会えるのじゃないかしら。

「スネル・スポーツ」は、シャモニーでもっとも大きなスポーツ用品店である。山にかかわるあらゆるスポーツの道具をあつかっている。すべての季節のスポーツ衣類もそろえている。シャモニーでは、町中が暑い夏であっても、高峰に行けば冷たい雪と氷の世界だからだ。

スネル・スポーツの中央のドアを押して入り、それらしき人を目でさがした。あたりに東洋人は見あたらなかったので、近くにいる店員にたずねてみた。どうやらマツイさんは地階のシューズ売り場で働いているらしい。地階に下りたが、やはり見あたらない。ふたたび近くの店員にたずねた。店員は愛想よく答えてくれた。さっきまでここにいたのですけどね、今日はもう帰りましたよ、でも明日また来ますから。

翌日、お昼すぎにスネル・スポーツに行ってみた。シューズ売り場に下りて行くと、前日の店員がわたしを見て、気の毒そうな顔をした。たった今、昼食をとりに家に帰ったところなんです。でも二時間ぐらいしたらもどってくると思いますよ。

店のなかで二時間も待つわけにいかないので、携帯電話の番号をことづけて店を出た。通りをぶらぶら歩きながら、なんだか小説の主人公にでもなったみたいだと、おかしくなった。パリから遠い旅をしてシャモニーに来て、シャモニーに着くとすぐに観光案内所に行って、マツイさんのことをたずねた。それから、スネル・スポーツ店の一階へ入って、つぎに地階へ下りて、翌日ふたたび地階に行って、いまは通りをさまよっている。マルコ少年の旅みたいではないか。

アミーチスの小説『クオレ』の「今月のお話」に登場するマルコ少年は、母親をさがして、イタリアのジェノヴァからアルゼンチンまで旅をする。母親は出かせぎに行ったまま音信不通になってしまったのである。マルコは長い船旅のあとブエノスアイレスに着いたが、たずねてゆく場所でつぎつぎと「お母さんは、もうここにはいませんよ」と言われて、結局、アルゼンチンのなかを一三〇〇キロメートルもさまようことになる。

このマルコの話は、日本では「母をたずねて三千里」という題名で知られているが、『クオレ』のなかでの原題は「アペニン山脈からアンデス山脈へ」である。イタリアを北から南まで背骨のようにつらぬくアペニン山脈と、アルゼンチンとチリのあいだに屏風のようにそびえ立つアンデス山脈の物語なのである。

アペニン山脈の北端はジェノヴァのすぐ東まで伸びているから、マルコはこの山脈を見て育ったのだろう。遠く北のほうには、アルプス山脈の白い峰々もくっきりと見えていたにちがいない。

マルコは、アルゼンチンの果てしない荒野をひとりで心ぼそく歩いていたとき、遠くにアンデス山脈の白い峰々が見えてくると、心なぐさめられる思いがした。「故郷に近づいているような気がした」と書かれている。少年がだんだんと母親に近づいてゆくのを象徴するかのように、恐ろしい荒野はなつかしい雪峰へと変わっていったのである。

マルコの旅の物語を「母をたずねて三千里」とすると、けなげな少年の家族愛の話になってしまう。原題の「アペニン山脈からアンデス山脈へ」は、もっとたくさんのことを言っているように思われる。アペニンを象徴とするイタリアから、アンデスを象徴とするアルゼンチンまでの長い道のり。遠く離れていながらも、おなじように山々を心のよりどころとしている二つの国のひとたち。高い山脈の白い峰々という美しいながめが少年の心のなかで遠い故郷と異国を結びつけていったということ。そのような、風景と人間の物語なのではないだろうか。

その日の午後にマツイさんから電話がかかってきて、夕方にカフェで会うことになった。そのカフェは、町の中心部にあるけれども、観光客でにぎわっている華やかな店ではなく、一見すると閉まっているのではないかと思うほど地味で、地元の人たちが仕事帰りに一杯やりに来るといった感じの店だった。まだ外は明るかったので、店内はいっそう薄暗く感じられた。ドアを押して中に入ると、入り口のドアに近い窓ぎわの席に、ひとりの小柄な東洋人が窓ガラスに溶けこむように静かにすわっていた。

挨拶のあと、自己紹介をした。パリの寿司店のことなどをひとしきり話した。店長が心配していますよ、とちょっと冗談めかして言うと、マツイさんは気恥ずかしそうに言った。しばらくシャモニーにいたらパリに帰りそびれてしまって。もうパリにはもどらないのですかとたずねると、ぼくはもうジャポニャールですから、といたずらっ子のような目をして言った。

「ジャポニャール」という言葉は、はじめて耳にするフランス語だった。日本人をさす「ジャポネ」と、シャモニー育ちの人やシャモニーの住人をさす「シャモニャール」

をくっつけた造語だという。この「ジャポニャール」という言葉には、たんにシャモニーに住んでいる日本人という意味だけでなく、シャモニーが好きでたまらなくて住みついてしまった人とか、シャモニーを故郷のように思っている人、といった暖かいニュアンスが感じられた。

話がとぎれたとき、マツイさんがためらいがちに言った。あすの夜、うちのアパートに食事に来ませんか、ジャポニャールが何人か来ますから。わたしが返事に困っていると、つけくわえて言った。あすは仕事が休みだから、裏山にフキノトウを採りに行くのです、天ぷらにしようと思って。わたしは目を丸くした。日本の食材が手に入りやすいパリでさえフキを目にすることはないというのに、シャモニーでフキノトウが採れるのだろうか。どんな天ぷらだろう。

マツイさんのアパートは、町の中心部から北へ数百メートル歩いたところにあった。シャモニー谷の中央を流れるアルヴ川のほとりに静かに立つ集合住宅の四階だった。あたりには川の音が大きく響いている。アルヴ川は緑の木々に囲まれた小さな川であるが、シャモニー谷のあらゆる氷河の水が流れこんでいるので、水量はとても多く、流れは早い。はじめてアルヴ川を見たときは、前日に山で大雨でも降ったからこれほど白濁した急流になっているのだろうと思ったほどだった。だがいつ見ても「集めて早し」という感じで川はごうごうと流れている。

アパートの呼び鈴を鳴らすと、ミドリさんという女性がドアを開けてくれた。マツイさんは台所で天ぷらを揚げている最中だという。ミドリさんは、低めの声で真っすぐな話しかたをするひとで、シャモニーをおとずれる日本人観光客のガイドをしているとのことだった。しばらくして、おなじくシャモニーのスポーツ用品店で働いているという男性も到着した。山が好きでたまらないという感じのひとだった。

まもなくマツイさんが台所から出てきて、天ぷらが山盛りになった大皿をテーブルの真ん中にどんと置いた。これほど大量のフキノトウの天ぷらを見るのははじめてだった。日本では、フキノトウの出まわる季節でも一〇個ぐらいがパックされて売られているのが普通なのに、シャモニーでこんなに山盛りのフキノトウを目にするとは。

形も色も日本のフキノトウとまったくおなじに見えた。ゆっくりと口に入れてみると味もおなじだった。日本に春を告げる、独特の苦みのある風味が口のなかに広がった。こんなに美味しいフキノトウをシャモニーで食べられるなんて思いもよらなかった、とつぶやくと、マツイさんはうれしそうに微笑んだ。

「裏山に行けばフキはたくさん生えていますよ。」

その言葉にわたしはちょっと首をかしげた。このアパートはアルヴ川のほとり、つまりシャモニー谷の中央に位置しているから、いちばん近い山すそでも数百メートルは離れているはずだ。「裏山」とは、どこをさすのだろう。そのときは天ぷらを食べるのに夢中になっていたので、あえてたずねはしなかった。たくさんあったフキノトウも、四人で食べると、あっというまになくなろうとしていた。

食事のあと、ベランダに出て、夜の景色をながめた。町のまわりに高くそびえる山々は、闇を凝縮したように真っ黒だった。のしかかってきて町を押しつぶしてしまうのではないかという恐ろしささえ感じさせた。これが夜の高峰のすがたなのだと息をつめてながめていた。

そのときマツイさんが言った。あそこに光が見えるでしょう、何の光かわかりますか。目をこらすと、数キロメートル先の山の中腹にぽつんと小さなオレンジ色の光が見えた。谷から数百メートルも高いところにあるようだから、普通の住居の光ではなさそうだ。山小屋の灯りですかとたずねると、いいえ、モンブラン・トンネルの入り口です、との答えだった。あんな高いところにですか。そう、あんな高いところにトンネルの入り口があるのです。

モンブランのイタリア側にあるクールマイユール村とシャモニーとをむすぶモンブラン・トンネルは、長さが一二キロメートル近くもある。シャモニー側の入り口の標高は一二七四メートルであるから、町中のアルヴ川の高さから見ると二五〇メートルも上にあることになる。

モンブラントンネルは、三年前に大火災が起こって三九人の犠牲者を出し、それからはずっと閉鎖されていたそうである。三年間の大工事のすえに、ちょうど一週間まえに再開通したばかりだという。

マツイさんたちは口々に言った。またクールマイユールが近くなってよかったね。うん、さっそくトンネルを通ってみたら、すばらしい安全設備だったよ。トンネルをぬけてクールマイユール村が見えてきたときは、うれしくて涙が出そうになったなあ……。三人が三年前の惨事を心から悲しんでいること、トンネルの再開通をよろこび、誇りに思っていることがよくわかった。三人は、シャモニーに生きるほんとうのジャポニャールなのだ。

それからはシャモニーに行くたびに、マツイさんやミドリさんたちといっしょに食事や散歩をするようになった。ミドリさんと午後じゅうカフェでおしゃべりをしてすごしたこともあった。わざわざシャモニーに来て、こんな晴れた日に山にも登らず、ただ山々をながめてお茶を飲んでいるなんて、これがほんとうの贅沢かもしれないね、と笑いあったりした。

しばらくして、パリの寿司店に立ち寄ると、このまえマツイさんがシャモニーから会いに来てくれたのですよ、と店長がうれしそうに言った。そんなふうに穏やかに月日はすぎていった。

三年ほど経ったころだろうか。シャモニーで食事をしていたとき、マツイさんがぼそりと言った。じつは肝臓が悪くて、グルノーブルの病院で肝臓移植を受けることになっているのです。いまはドナーが現れるのを待っている状態なのですけど……。思いもよらない話に、わたしはうろたえた。肝臓が悪いとはぜんぜん知らなかった。ずいぶんまえから肝炎をわずらっているのだという。わたしは動揺した頭でいろいろとたずねたが、結局、ドナー待ちの状態であるという重い現実しかわからなかった。心残りのまま帰国するしかなかった。

二か月ほどして、ミドリさんから葉書がきた。数日前にマツイさんが移植手術を受けて、いまのところは術後の状態は悪くない、とのことだった。祈るような気持ちでつぎの便りを待った。

数週間がすぎ、突然にミドリさんから電話がかかってきた。マツイさんが亡くなったの……。その声は、恐れていたことが起こってしまった悲しみと、悪い夢を見ているのだという恐れとが混じりあって、かすかに震えていた。わたしは胸がつまり、なにも言えなかった。マツイさんの顔を思い出そうとしたが、すべてはぼんやりと暗いままだった。マツイさんのアパートから見た真っ黒な夜の山が目にうかんだ。

半年ほどして、ミドリさんが日本に帰ってきて、いろいろと話してくれた。マツイさんは東北地方の出身だということ。お兄さんが秋田からシャモニーに来て、遺骨を故郷に連れ帰ったこと。でもね、とミドリさんはつづけた。お骨の一部はシャモニーに残してもらったの。町の墓地にジャポニャールたちのお墓があるから、そこで眠らせてあげたいと思って。

数か月後にわたしはシャモニーに行った。

着くとすぐに、町はずれにある「ビオレ墓地」をたずねた。この墓地には、シャモニーの住人だけでなく、シャモニーを愛した世界じゅうのアルピニストたちの墓碑がある。正門を入ったところは旧墓地とよばれ、二十世紀前半までに活躍したアルピニストたちの名があちこちに見られる。マッターホルンに初登頂したウィンパーや、「ガイドの王」と呼ばれたジョゼフ・ラヴァネル、アンナプルナ初登頂のときに悲劇をあじわったルイ・ラシュナルなど……。その奥に新墓地が広がっており、日本人の墓碑は、新墓地のなかでもいちばん奥の右端にあった。

山から切り出してきたばかりのようなゴツゴツした花崗岩が墓碑として立てられていた。碑には「モンブラン山群に消えた日本人アルピニストの追悼に」と日本語とフランス語で書かれていた。この小さな岩の下に、たくさんのジャポニャールたちと、彼らの夢が眠っているのだ。この花崗岩の下に。

でも彼らは「山群に消えた」わけではない。亡くなった人たちは、会って話すことはできないけれど、ときおり過去から言葉を送ってくれる。だから一五年後になってマツイさんの声が風のなかから急に聞こえてきたりもするのだろう。

亡き人の存在は、年月とともに遠ざかるどころか、だんだんと近く、鮮明になってきている。彼らの言葉によって、今のわたしは支えられ、生かされているのだと思う。

墓地からの帰り道に歩きながら考えた。墓碑に「日本人アルピニスト」と書かれていたけれど、マツイさんは「アルピニスト」だったのだろうか。アパートには登山の道具は見あたらなかったような気がする。山行の写真も飾られていなかったし、アルピニストらしい雰囲気は感じられなかった。はじめて会ったときに、どうしてシャモニーに住むことにしたのですか、とたずねても、この町が好きになってパリに帰りそびれてしまったから、と言っただけだった。

遠くの町や国からシャモニーに来て住みつく人たちのほとんどは、山行や登攀が好きでたまらないように見える。観光案内所で働いているマルガレットにしても、山に登るためにドイツからシャモニーに来て、とうとう住みついてしまったと言っていた。登山の格好で歩いている姿を見かけたこともある。

以前に、「赤い針峰群」の岩場で、そのようなイギリス青年に会ったこともあった。

岩壁を登っている途中の張りだし岩の上だった。狭い岩テラスでロープを操り、それぞれのパートナーが登ってくるのを待ちながら、なんとなく言葉をかわした。わたしは日本からヴァカンスで来ているのよ、と言うと、青年はいろいろと話してくれた。ぼくはイギリス人だけど、今は彼女といっしょにシャモニーに住んでいるんだよ。フランス語は話せないけど、クライミングをやりたいから、ふたりでシャモニーに移住してきたんだ。わたしはたずねた。シャモニーでずっと暮らしてゆくための仕事には困らないの。うん、ぼくは大工だから、仕事はいくらでもあるよ、と明るく笑った。

マツイさんがシャモニーに住みついたのは登山やクライミングをするためではなかったような気がする。三〇〇〇メートル以上の白い峰々に囲まれた町に住み、高山に登ってゆくのではなく、山すそで静かに暮らしていたいと思っていたのではないだろうか。休みの日に散策をしたり、山菜を採ったりしながら、山をながめて穏やかに生きることに幸せを感じていたのではないだろうか。そんなふうに山を愛することがいかにもマツイさんらしいし、それが彼なりのアルピニスムだったという気がする。

その後も、わたしは毎年のようにシャモニーに通いつづけた。ときおりビオレ墓地をおとずれたりもした。そんなふうにして年月がすぎた。

氷河をながめるのが好きで、シャモニーに滞在するたびに、どこかの氷河を見に行くことにしている。間近で見るには、長い山道を登っていかねばならない。歩き疲れて息をきらしたとき、突然、手の届きそうなところに氷河が出現して、あっと驚かされる。無数の氷塔の荒々しさを眼前にすると恐ろしくなるが、遠い太古の時代に足を踏み入れたような時間の目まいも感じる。時空をこえた氷の宇宙のなかに自分ひとりが投げ出されているという不思議な気分になってくる。

ほとんどの氷河は、標高二〇〇〇メートル以上に登らなければ、間近に見ることはできない。ボソン氷河だけは、長い舌をシャモニー谷の近くまで伸ばしているので、標高一四〇〇メートルのところにある「ボソン氷河の山小屋」に行けば氷河を見ることができると言われていた。一九九〇年代までは、ほんとうに山小屋から間近にながめられたらしい。だから山小屋に簡単に行けるようにリフトがつけられたのだ。だが二〇〇〇年以降は、氷河がどんどん溶けて短くなり、ずっと上のほうまで後退していっている。

氷河をもっと近くから見たくなって、「ボソン氷河の山小屋」よりも五〇〇メートルほど上にある山小屋にむかって歩いていたときに、フキの群生に足を踏み入れたのだった。そして「裏山に行けばフキはたくさん生えていますよ」というマツイさんの声が耳によみがえって、二〇年まえのさまざまな光景がうかんできた。薄暗いカフェに静かにすわっている小柄な男性、大皿に山盛りになったフキノトウの天ぷら、闇のなかにそびえる真っ黒な山々、モンブラン・トンネルのオレンジ色の光。

固くなっていた時間の結び目がほどけてゆくような気がした。今ごろになってやっとわかった。「裏山」というのはアパートの裏ではなく、ボソン氷河の裏山のように、樹林帯のなかの日当たりのよくない斜面のことだったのだ。

足を止めて、しばらくフキの群生をながめた。これほどみごとな群生は見たことがなかった。じっと見ていると、やがて驚きも消えて、なんとも言えずなつかしい気持ちになってきた。日本とは異なる樹木に囲まれながらも、これらのフキだけが日本とおなじ葉をひろげて静かに揺れている。マツイさんもこの群生を見つけたときには、なつかしく思ったにちがいない。東北出身の彼にとっては、とりわけうれしかったことだろう。

野菜としてのフキは日本じゅうで見られるが、山菜としてのフキノトウは東北と北海道がおもな産地だという印象がある。北海道農業試験場の研究員たちによる『北海道山菜誌』という本を読むと、フキは北海道では「どこにでも生えている」身近な山菜であり、フキノトウは「雪が消えるとすぐに姿をみせてくれる春の使者」である、と書かれていた。北国に住む人にとってフキは特別な存在なのだという愛情が感じられた。

雪解けのあいだからフキノトウがかわいい顔をのぞかせているところを想像してみた。雪国に春を告げるフキノトウ。山はまだ冬の眠りから覚めきってはいないが、足もとでは春が育ちはじめている。

シャモニーの裏山でも、フキノトウは残雪のあいだからぽつんぽつんと頭を出していたにちがいない。それを見たマツイさんは、故郷の春を思ったことだろう。『クオレ』のマルコ少年が、雪のアンデス山脈を見て故郷の山々を思ったように。

ふと、シャモニーのフキは日本のフキとどこか違うのだろうかと思った。気になって西洋フキについて調べてみた。ヨーロッパのフキは、ギリシャ時代から頭痛や鼻炎などに効く薬草として用いられてきたそうである。ところが二〇一二年になって、「イギリス医薬品規制庁」が、西洋フキには肝毒性があると発表したとのことだった。この「肝毒性」という言葉を見て、はっとした。もしかしたらマツイさんは、西洋フキのせいで肝臓を悪くしたのではないだろうか。

日本のフキにしても、昔から民間薬として用いられてきたし、やはり肝毒性があることは知られている。それゆえ灰汁ぬきをして料理をすることもある。東北で育った人ならよく知っているはずだ。そもそもマツイさんが肝臓を悪くしたのはシャモニーに来る前だったらしいから、西洋フキが原因ではないだろう。とはいえ、とわたしはため息をついた。西洋フキは、日本のフキよりも毒性が強いのかもしれない。肝炎を悪化させてしまったのかもしれない……。

いや、今さらそんなことを考えてどうなるのか、とわたしは頭をふった。「イギリス医薬品規制庁」が西洋フキの肝毒性を発表するより七年も前に、マツイさんは亡くなったのだ。西洋フキがほんとうに病気を悪化させたのだとしても、その危険性が知らされたときにはすべては終わっていたのだ。だから今は、シャモニーでフキの群生を見つけたときのマツイさんの喜ぶすがただけを思いうかべていたい。シャモニーのフキは、異国と故郷を結びつける象徴のようなものなのだから。

残雪のあいだから顔を出す小さなフキノトウは、暖かくなるにつれ、大きく成長してゆく。東北地方では高さが二メートルにもなるという。この巨大なフキは、東北では秋田ブキと呼ばれており、北海道ではラワンブキと呼ばれて、三メートル以上の高さになることもあるらしい。

巨大なフキのことは、すでに江戸時代から知られていたようである。植物学者の牧野富太郎によると、もっとも早く秋田ブキの大きさに言及したのは、大阪の医師の寺島良安だったという。一七一二年に完成した百科事典『和漢三才図会』のなかで、寺島良安は秋田ブキについてこう書いている。

「奥州津軽ノ産ハ肥大ニシテ、茎ノ周リ四五寸、葉ノ径リ三四尺、以テ傘ニ代テ暴雨ヲ防グ、南方ノ人之ヲ聞テ信ゼズ。」

その後、小野蘭山による本草書や、曾槃の農書のなかでも、秋田ブキのことが語られている。どの本においても、まず、秋田ブキが巨大であること、そしてにわか雨のときには葉を傘にして使用することが書かれていた。

フキの葉を傘にしているようすを描いた絵をいくつか見たことがある。とりわけおもしろいと思ったのは『北斎漫画』の「出羽秋田の蕗」である。

高さが五メートルもありそうなフキの下で、三人の男が雨やどりをしている。そのうちの一人は、一メートル以上あるフキの葉を大きな傘のように頭上に広げて、亀が甲羅を背負ったような格好をしている。巨大なフキの下では、三人の男はまるで小人だ。この絵をはじめて見たときは、北斎がおもしろおかしく誇張して描いたのだろうと思ったが、巨大なフキのことは、当時はよく知られていたのである。

もうひとつ印象に残っているのは、江戸末期に蝦夷を旅して歩いた松浦武四郎が描いた絵である。地面に巨大なラッパをふせたようなフキの葉があり、その下から三人の男が顔をのぞかせて、楽しげに外を見ている。アイヌ伝説のコロボックルが描かれているらしい。巨大なフキの葉の下に人がいるのではなく、普通の大きさの葉の下に小人がいるのだ。「コロボックル」とは「フキの下の人」という意味だという。

佐藤さとるの小説『だれも知らない小さな国』は、「こぼしさま」と呼ばれるコロボックルについての物語だった。主人公の「ぼく」は、町はずれの杉林の奥にある「小山」をひとりだけの秘密の遊び場所にしていた。小山には、みごとなフキが生えていた。ある日、ぼくは小山で「こぼしさま」たちに遭遇する。そのときの様子は、こんなふうに書かれている。

「［三人の］こぼしさまは、草のかげを伝わって、するするっと近よってきた。そして、ぼくの目の下にあったふきの葉にかくれた。その葉をそっとめくってみると、あっというまにふたりが見えなくなった。のこったひとりは、ふきのくきにつかまったまま、ぼくを下から見かえした」（第二章「小さな黒いかげ」）。

松浦武四郎の絵とおなじように、「こぼしさま」はやはりフキの葉の下にいたのだ。『北斎漫画』に描かれた三人の男たちのほうから見ればフキが巨大なのであるが、松浦武四郎や佐藤さとるに描かれたフキから見れば、普通の葉の下に小人たちがいるのである。巨大なフキと人間なのか、普通のフキと小人なのか。目まいのするような楽しい関係ではないか。


山野に生える百草のなかでフキだけが、芽ぶいてから冬枯れるまで、人を助けたり、楽しませたり、心なぐさめたりする。食料になったり、雨傘になったり、民間薬になったり、小人たちの隠れ場所になったりする。

牧野富太郎は、秋田ブキのことを「我が日本植物の誇りでもある」と書いていた。それゆえ「蕗」という漢字を用いてはならないとも言っている。

「昔からフキに款冬だの蕗だのの漢名が使われているが、これは共に誤でフキには別に漢名はない」（『植物記』）。

「日本のフキを蕗と書くのもまた間違っている。フキには漢名はないから仮名でフキと書くよりほか途はない。フキでよろしい。これがすなわち日本の名なのである」（『植物一日一題』）。

「蕗」という漢字はどことなく美しいので、心ひかれていた。文章のなかで使ってみたいと思っていた。だが牧野富太郎に「フキでよろしい」とあっけらかんと断言されてしまうと、さからうことはできない。日本を象徴する植物なのだから、「フキ」という日本の名で呼ばなければ申し訳ない、という気分になってくる。

日本植物の誇りである秋田ブキとともに育ったであろうマツイさん。その子ども時代を想像してみた。

雪解けのなかに小さなフキノトウを見つけて、はしゃぐ少年。たくさん採って、お母さんをよろばせたいと思う。フキの葉が大きくひらいたときには、そっと裏がえして、小人が隠れていないか、さがして遊んだりした。フキが大きく高く伸びてくると、そのあいだを走りまわって、近所の友だちとかくれんぼをした。そんなとき急に雨が降ってくると、葉を傘のかわりにして家まで走って帰った。中学生になると、フキの葉のかげに隠れるようにひとり静かにすわって、物思いにふけったりした。

数十年がすぎた。シャモニーに暮らすようになったマツイさんは、春先のある日、ボソン氷河の裏山をのんびりと散歩していた。溶けかけた雪をふみしめて歩いていると、残雪のあいだからフキノトウがぽつんと顔を出しているのを見つけて、はっと足を止めた。そして、少年のような笑顔をうかべたのだった。

白いアルヴ川と荷風の物語

シャモニーのアルヴ川は、幅が一〇メートルほどの小さな川である。細長い町の中心部を縦に流れているので、町を歩いていると、たえず川を渡ったり渡りかえしたりすることになる。そのたびに足の下を流れる川水が目に入って、すこし不安になる。大量の白濁した水が、狭い川をごうごうと流れているからだ。その恐ろしげな流れをはじめて見たときには、前日か前々日に山で大雨が降って、そのために濁流になっているのだろうと思った。だがいつ見ても川のようすは変わらない。つねに白い奔流が川岸をけずらんばかりに流れている。

シャモニーの人たちはそんなアルヴ川のことを心配していない。むしろ急流を楽しんでいるように見える。夏の京都の鴨川に張りだしている桟敷のように、テラス席をアルヴ川のほうに張り出しているレストランがたくさんある。なかにはテラスの位置がとても低くて、川が増水すれば水没してしまうのではないかと心配になるところさえある。わたしが不安げに見ていると、シャモニーに住んでいるミドリさんが「アルヴ川はいつもこうなのよ」とほほえんだ。

地元の人しか知らない小さなティールームに連れて行ってもらった。こぢんまりした菓子店のなかを通りぬけると、奥にテラス席があった。アルヴ川すれすれに張り出しており、テーブルが二つだけならべられている。そこに腰かけると、白い川の流れとまわりの木々の緑しか目に入らなくなる。川の音がとても大きく響き、ほかの音を消してしまうので、かえってあたりの静けさを感じる。まるで森のなかで川べりにすわって水面を見つめ、川の音にじっと耳を傾けているかのようだ。アルヴ川の急流をシャモニーの人たちがこのんでいる気持ちがすこしわかった気がした。

アルヴ川には、モンブラン山系の湧水や氷河の溶けた水のほとんどが流れこんでくるので、水量がとても多い。川幅が狭いので急流になっている。結晶岩や砂岩や石灰岩からなる泥砂がふくまれているので水は白濁しており、太陽のもとではきらきらと輝いて見えたりもする。橋の上にたたずんで流れをじっとながめていると、不安な気分はいつしか消えて、沸き立つような白い水面が美しく魅力的に見えてくる。この川のことをもっと知りたくなる。

子どものころに川の近くに住んでいたからだろうか。どこであれ、川を見つけると、近づいてながめたり、川べりに下りてみたくなる。

永井荷風は「葛飾土産」のなかでこう書いていた。

「この「江戸川の水の」流のいずこを過ぎて、いずこに行くものか、その道筋を見きわめたい心になっていた。これは子供の時から覚え初めた奇癖である。何処ということなく、道を歩いてふと小流れに会えば、何のわけとも知らずその源委がたずねて見たくなるのだ。」

「源委」と言っているように、荷風は川をさかのぼったり下ったりして楽しんでいたようだ。わたしが子ども時代に親しんだ川は幅がとても広く大きくて、対岸まで五〇〇メートル以上もあるので、橋のうえを走ったり、川べりで遊んだりするのがせいぜいで、川にそって遠くへ行ってみようとは考えもしなかった。

アルヴ川は大きくない。「源委」をたずねてみるのも、おもしろそうだ。まず、川の「源」のほうへ行ってみようと思った。遠くないところに水源があるらしい。よく知らない川にそって歩くときは、まず上流のほうへ向かって進み、川幅がだんだんと細くなっていくほうが、川に親しみを感じられるような気がする。

シャモニーの中心部からアルヴ川にそって散策路がのびているので、その道をさかのぼって行くことにした。歩くにつれて、川と道は濃い緑につつまれていった。九月の緑はふかくて、吸いこまれそうな心地になってくる。

一キロメートルも歩かないうちに、右手から白濁した急流がぶつかってきた。アルヴェロン川だ。モンブラン山系で最大の氷河、「メール・ド・グラス（氷の海）」の水が流れこむ川であり、したがって水量がとても多い。このアルヴェロン川が合流するので、アルヴ川は白い急流になっているのだろう。この合流地点で「アルヴェロン川」という名は消えて「アルヴ川」になってしまうが、シャモニーの町で目にするアルヴ川の性格はアルヴェロン川そのものだという気がする。

アルヴェロン川にかかっている橋をわたり、アルヴ川にそった道のほうにもどって、また上流にむかって歩きつづけた。アルヴェロン川に出合うまえのアルヴ川は、水量はそれほど多くはなく、水の色は白いけれども青みをおび、やや透明感もある。なんとなくアルヴ川が知らない川になったような気がしたが、近しくなったようにも思った。ある人の意外な一面を発見すると、いっそう親しみを感じるようなものである。川べりをゆっくり歩いていると、風景がそっと語りかけてくるような気がした。

一九八〇年に亡くなった批評家ロラン・バルトは、南フランスのアドゥール川沿いの風景を愛していた。アドゥール川の河口に近い町、バイヨンヌで子ども時代をすごしたからである。九歳のときからはパリに住むようになるが、長期休暇になるとバイヨンヌの祖父母の家にもどってきていた。バルトは四十五歳のとき、バイヨンヌから一七キロメートルほど上流にあるユルト村に別荘を買った。それからは、休暇になるたびにユルトの家に滞在して、近くの林やアドゥールの川べりの道を散策して楽しんでいた。

川にそって歩くというゆるやかさが好きだったようである。それは「歩くという経験、ゆっくりとリズムをきざむように、風景が沁み入ってくるという古来の経験」なのだとバルトはエッセー「南西部の光」のなかで書いている。

アルヴ川をさかのぼってゆく。川は渓谷になったり、砂利の川になったり、岩がゴロゴロする川になったりする。いつのまにか、川べりの散策路はなくなって、自動車道がかたわらを走り、鉄道橋と交わったりするようになった。ときおり左右から細流が合わさってくる。二時間ほど歩いたところで、右から「ロニャンの急流」が合流してきた。アルジャンチエール氷河やいくつもの小さな氷河の溶けた水を集めた川である。そうするうちに人家もなくなって、アルヴ川は深い谷や森のなかを縫うように流れるようになり、川の横を歩くことも川を近くに見ることもむずかしくなってきた。川からなるべく遠ざからないように歩いていると、ル・トゥールの村に出た。

ル・トゥールは、シャモニー谷の最奥にある小さな村である。シャモニーの町よりも四〇〇メートル以上も高いところにある。ここからバルム峠にむかって、草原のなかの道を七〇〇メートルほど登ると、峠の近くにアルヴ川の源流があるらしい。川の近くを歩いてゆくことはできない。山道がどんどん川から遠ざかってゆくからだ。しかたがない。山道は尾根や山頂に登るためにあるのだから、谷間にふかく切りこんでゆく川の流れから離れてしまうのは当然である。

とはいえ、谷のほうへ降りてゆく道がまったくないのは不思議だった。谷の向こう側には大きな岩壁がそびえている。地図をみると、「グロサイユ」と呼ばれているらしい。まわりには草原や森林がゆたかに広がっているのに、そこだけは岩壁が恐ろしいほど切り立っている。

シャモニー谷では、岩壁があればかならずロック・クライミングをしている人がいるものだ。グロサイユは、幅一キロメートル、高さ五〇〇メートルほどもある立派な乾いた岩壁である。クライマーならぜったいに登りたくなるはずだ。ところが登っている人は誰もいない。おそらく、崩落や落石が多くて危険なのであろう。近づいてはいけない。だから道もないのだろう。

「崩れ」という言葉を思い出した。幸田文は七十歳をすぎてから、安倍川源流の「大谷崩れ」を見たのをきっかけに、山が崩壊しているところに興味をもち、日本じゅうの「崩れ」を見てまわった。その山行を語ったのが『崩れ』というエッセーである。恐ろしい自然現象を自分の目で確認し、その荒々しくも弱くはかない姿を言葉で表現しつくそうとした驚くべきエッセーである。

日本の「崩れ」のほとんどは、地震や噴火や豪雨によって生じた山体崩壊だという。幸田文がはじめに見た大谷崩れもそうである。だが富士山の西側面にある巨大な「大沢崩れ」だけは違っており、溶岩によって生じた浸食谷なのだという。原因も地形も規模も異なるが、シャモニーのグロサイユは氷河による浸食谷であるから、すこし似ていると言えなくもない。

大沢崩れを見たくなって、長者ヶ岳に登ったことがあった。長者ヶ岳は富士山の真西一七キロメートルのところに位置し、山梨県と静岡県の県境をしめすように静かに座している。その頂上で富士山に向かって立つと、正面に大沢崩れがくっきりと見える。亀裂といったほうがよいほど巨大な溝が、頂上直下から二〇〇〇メートル以上の長さに刻まれている。裂け目がさらに広がって、富士山がぱかっと二つに割れてしまうのではないかと心配になるほど、痛々しくて恐ろしい「崩れ」である。大沢崩れは今もなお崩落をつづけている。じっとながめていると、ごろごろという落石の音が聞こえてきそうな気さえする。「崩れ」の下端から、大沢川が湧き出て、それが潤井川になって流れ落ちている。

シャモニーのグロサイユのほうは、規模はずっと小さくて、溝というよりは崩れ落ちたあとの岩面にすぎないのだが、やはり今も崩れつづけている。だから谷底に近づくことはできず、そこをアルヴ川が流れている。

もう三時間も歩いたので、これから山道を七〇〇メートルも登ってゆくのは気が重かった。幸いにもル・トゥール村とバルム峠をむすぶロープウェイがあるので、乗って行くことにした。箱型のロープウェイに乗ってしばらくすると、シャラミヨンという中間駅に着き、そこでリフトに乗りかえた。

リフトは草原のうえをすべるように静かに上がってゆく。だれもいない。何の音もしない。ときおり鳥のピーピーと鳴く声が聞こえるだけだ。右手には雪をかぶった険しい峰々、左手にはグロサイユの荒々しい岩壁。ふりかえると、背中のほうに遠くモンブランの頂が光っている。風が香り立ち、さらさらと顔をなでる。地上の楽園だと思った。

ほどなくしてリフトの終点に着いた。そこは「バルム峠」という駅名になっているが、ほんとうのバルム峠は一〇分ほど離れたところにあるらしい。すこし歩くと、真っ赤なよろい戸の「バルム小屋」が峠の目じるしのように立っているのが見えた。小屋に着いて、窓に飾られたスイス国旗を見たとき、知らないうちに国境を越えてスイスに入っていたのだと気がついた。

山では国境はないようなものだ。アルプスを歩いていると、気づかないうちにスイスに入ったり、イタリアに入ったりする。二〇〇八年にはスイスがシェンゲン協定に加盟して、フランスやイタリアとの国境が開かれることになるのだが、それよりずっと以前から、山では国境はないも同然だった。

二〇〇三年ごろだったろうか。高山ガイドのオリヴィエと、スイスの国境近くの岩壁に登りに行ったときのことだ。家が一〇軒ほどの小さな村の空地に車をとめて、草地を歩いていった。幅五〇センチほどの小川があったので、ぴょんと飛びこえた。するとオリヴィエが笑いながら言った。いま、あなたは国境を飛びこえてしまいましたよ。えっ、この小川が国境なの、と驚いた。向かっている岩場はじつはスイスの中にあるのだが、シャモニーの人たちはスイスかフランスかは気にせずに登りに行っているようだ。

山や山村では国境を監視する人がいないからそんなふうなのだろうと思っていたが、そうでもなかった。おなじころに、ル・トゥール村の近くに住むジャン＝ピエールとアネット夫妻が、山で木いちごを採るから手伝ってほしいというので、車で出かけたことがあった。県道を走ってゆくと前方にスイスの税関の建物があって、職員が立ってこちらを見ている。国境だ。わたしはあせった。パスポートを持って来ていなかったのだ。ジャン＝ピエールは笑いながら税関職員に、やあ、という感じで片手をあげ、そのまま税関を通過した。職員のほうも笑って見ていた。わたしはあっけにとられた。ここでは国境とはその程度のものなのか。

そのころのシャモニーの人たちは、国境は気にしないが、携帯電話の電波の国籍は気にかけていた。山や峠のせいで隣国の電波が入ってくることがよくあるからだ。あるとき、やはり県道を車で走りながら、用を思い出して電話をかけようとすると、運転をしていた友人が言った。どこの国の電波か、確かめてからかけたほうがいいよ。スイスの電波を使うと高くつくからね。わたしは、いまはフランスのなかを走っているのになあと思いながら携帯電話の画面を見ると、小さく「ＣＨ」と出ていた。スイスのことだ。

フランスなら「F」、イタリアなら「I」となる。国境も電波もやはり境界はゆるやかなのだと妙に感心した。

バルム小屋から一〇メートルほど歩くと、またフランスに入った。そこから数百メートル歩いたところに「アルヴ川の源流」があるらしい。岩のあいだから水が湧きでている「水源」はいくつもあるが、そのなかでもっとも標高の高い二二〇〇メートルの地点にある水源が「アルヴ川の源流」と呼ばれているようだ。

近づきながら、すこし心配になってきた。水は流れ出ているのだろうか。以前に多摩川の源流を見たいと思って、奥秩父の笠取山に登ったことがあった。標高一九五三メートルの頂上の南側のすこし下に「水干」と呼ばれる水源があったが、その日は水が出ていないらしく、岩のあいだからは一滴も落ちてこなかった。晴天続きのあとだったからだろうか。

「アルヴ川の源流」のほうに進んでゆくと、前方に、ごく小さな峡谷というか窪地のようなところが現れた。山道はその窪地を迂回するように、丸く曲線をえがいてゆく。窪地は白っぽい岩と緑の草々からなっており、いちばん深いところを水が流れているようだ。一〇メートル以上離れているのでよく見えないが、たしかに水が走っている。

水がどの岩のあいだから地表に出ているのかわからないが、とにかくこのあたりが

「アルヴ川の源流」なのだろう。水はすぐに草むらのなかに逃げこんで、狭く深い谷のなかにすがたを消してしまう。この流れは「オータンヌの急流」とよばれており、べつの水源から来る「バルムの急流」や「カルラヴェの急流」と合流して、五〇〇メートルほど下った標高一七〇九メートルのところで「アルヴ川」になるらしい。

その後のアルヴ川の流れは、シャモニーの町からさかのぼって見てきたとおりである。ル・トゥールの村から下流は、氷河の溶けた水流がいくどとなく合流してくる。だんだんと水量と白さが増して、シャモニーの町の直前で、水量の多い白濁したアルヴェロン川がどっと流れこんでくる。そこからが見慣れたアルヴ川のすがただ。シャモニーの町の中を勢いよく流れる白いアルヴ川である。

荷風の言う「源委」の「委」のほうにも行ってみたくなった。

シャモニーの町を出るとすぐに、ボソン氷河やタコナ氷河の溶けた水がアルヴ川にどんどん流れこんでくる。近年は氷河がいちじるしく溶けているために、水量が以前よりもはるかに多くなっているという。増水時のための調整池が作られたり、シャモニーの隣のレズーシュ村に小さなダムが建設されたりしている。

ダムまで行ってみた。ダムから先は水量が一気に減り、川床にころがっている岩や石が見えて、上流のル・トゥール村あたりのおもむきになっている。となると白濁した水が力強く流れているのは、アルヴェロン川との合流地点からこのダムまでの八キロメートルほどにすぎないことになる。恐れと憧憬をあたえる魅力的なアルヴ川は、水源から二〇キロメートルのここで終わってしまったのかとがっかりした。

それでもアルヴ川はつづく。

ローヌ川と合流して「アルヴ川」の名が消えるジュネーヴまで、八〇キロメートルもある。歩いて行くには遠すぎる。シャモニーから、シャモニー谷の入り口にあるル・ファイエの町まで、「モンブラン急行」に乗って行くことにした。モンブラン急行は、赤と白のかわいらしい電車で、展望車両になっているので、渓谷の横を通ったり鉄橋をなんども渡ったりするたびに川がよく見える。

岩がごろごろとした渓谷を見ているうちに、四〇分ほどでル・ファイエ駅に着いた。この町はシャモニー谷の玄関口であり、町の奥まったところにサン＝ジェルヴェ温泉があるので、十九世紀にはシャモニーに行く前にここに寄ってゆく人が多かった。歴史家のジュール・ミシュレも、一八六五年夏にサン＝ジェルヴェ温泉に立ち寄り、居心地がよかったのか、一か月以上も逗留して、シャモニーには五日間しかいなかったほどである。サン＝ジェルヴェ温泉はル・ファイエの町よりもかなり高い所にあるので、眺望がとてもよい。ミシュレは、宿から「アルヴ川の蛇行」をながめて楽しんだと、七月二六日付の日記に書いている。

ル・ファイエは、「モンブラン急行」の始発駅であるとともに、「モンブラン登山鉄道」の始発駅でもある。標高五八〇メートルのル・ファイエ駅から、二三八〇メートルの「ワシの巣」駅まで、二時間以上をかけてゆっくりと登ってゆく登山鉄道である。急勾配をのぼってゆく車両には三種類あって、それぞれに女性の名前がつけられている。赤い車両はジャンヌ、緑色はアンヌ、青色はマリーである。駅で待ちながら、どの色の電車がやってくるだろうと楽しみになる。

終点の「ワシの巣」駅は、フランスでもっとも標高の高い鉄道駅であり、近くには荒々しいビオナッセ氷河が見えている。モンブランに登るための基地でもあるので、駅にはアルピニストたちがあふれており、真剣な顔で登攀の身じたくをしている。ビオナッセ氷河からは、氷の崩れるガラガラという恐ろしい音がたえず聞こえてくる。駅に降り立つだけで、モンブラン山群の厳しさを感じずにいられない。そんな場所だ。

ビオナッセ氷河から溶けだした水は、氷河の下を流れて、氷河舌の下端にある小さな氷河湖に行き着く。青緑色がかった白い湖である。そこから「ビオナッセの急流」がはじまり、泡立つ白い流れが山を下ってゆく。というよりも落ちてゆく感じだ。急流は、しばらく先で「ボン・ナン川」に合流する。ボン・ナン川は白いゆたかな水となって流れ下り、やがてル・ファイエの町にたどり着き、そこでアルヴ川に合流する。人はル・ファイエ駅から登山電車に乗ってビオナッセ氷河をながめに行くが、氷河のほうは白い水をル・ファイエまで流しとどけてくれるのだ。

ボン・ナン川が合流すると、アルヴ川は一気に勢いを取りもどして、シャモニーの町中とおなじような白い濁流がごうごうと流れるようになる。そんな頼もしいアルヴ川を横に見ながら、バスに乗ってジュネーヴへ向かった。川に寄りそったり、橋で川をなんども渡ったり、ときには林や畑や牧草地で川から隔てられたりしながら、バスは走ってゆく。やがて、国境のアンヌマスの町にさしかかった。この町を出るとスイスに入り、すぐにジュネーヴだ。アルヴ川がいったん車道から遠ざかる。

ジュネーヴの町に入ってしばらく行くと、レマン湖の西南端にかかる「モンブラン橋」に出た。橋の真ん中あたりからレマン湖を一望することができる。といってもレマン湖は三日月形をしているので、湖の端からでは全体の三分の一ぐらいしか見えない。ふりかえって橋の反対側を見ると、大きな川になっているのに気づく。ローヌ川だ。つまりモンブラン橋までの水域がレマン湖であり、橋から先がローヌ川だということになる。モンブラン橋は、湖と川とを分かつ境界線なのである。

ローヌ川は、スイスの中央部にあるローヌ氷河を源流としている。川はスイスのなかをうねうねと進み、マルティニの町などを通過しながら三〇〇キロメートルほど流れてレマン湖に入る。標高三六〇〇メートルの氷河から湧き出る水は冷えきっており、やはり白濁した急流である。この冷たい奔流が暖かいレマン湖に流れこむと、ふたつの水が闘うように激しく泡立つ。上空から撮った写真をみると、白い大蛇が青黒い池に這いこんでいるかのようだ。

三日月をふせたような形のレマン湖の東端に流れこんだローヌ川は、湖に入ったあと一二年という長い歳月をかけて、湖のなかをゆっくりと七〇キロメートルの距離を進む。そのあいだに水は暖かくなり、白濁の原因である泥砂を湖底に落とし、まるで濾過されたように澄んで、すこし緑がかった藍色になって、湖の西南端から出てゆく。

湖の水がモンブラン橋の下を通って、ゆるやかに二キロメートルほど下ってゆくと、突然に、左からアルヴ川が合流してくる。青緑色の暖かいローヌ川に、白濁して冷たいアルヴ川の急流がぶつかってくるのだ。またもや暖水と冷水の闘いが生じる。はじめは川の色ははっきりと三つに分かれている。ローヌ川の静かで深い青緑色と、アルヴ川のごうごうたる白濁色、そのあいだに白みがかって泡だつ緑色。浅葱色がすこし灰色をおびたような色で、水浅葱色というのだろうか。この三色の川が流れてゆくようすは美しい光景なので、合流地点には川に突き出すように展望台が設けられており、人気の観光場所になっている。

三色の真ん中にあるくすんだ水浅葱色はだんだんと広がってゆく。やがて川面全体をおおって、急流の速さを保ったまま流れくだる。アルヴ川は、ローヌ川に合流したときにその名を失ってローヌ川になってしまうが、その水浅葱色の流れにはアルヴ川の白い急流という性格がつよく残されている。

モンブラン橋の近くに船着き場があり、そこからローヌ川を下る観光クルーズ船が出ているので乗ってみた。クルーズ船は、一五キロメートルほど下ったヴェルボワ村まで来ると、そこからレマン湖に引きかえしてしまう。ヴェルボワから先は、川は今までになく急流となり、発電所や水門や堰がいくつもあるので、航行は不可能になるのだそうだ。航行できるようになるのは、ヴェルボワからさらに数十キロメートルも下ったところにある「セセル発電所」の先からだという。

セセル。この地名を聞いて、なつかしくて興奮するような思いにとらわれた。子どものころに好きだった『家なき子』の物語に「セセル」という地名が出ていたのだ。主人公のレミ少年がローヌ川沿いの道をたどってレマン湖まで行く場面だった。レミは慕っているミリガン夫人の乗った船「白鳥号」をさがして、セーヌ川やソーヌ川沿いの街道を歩いてゆく。リヨンまで来たとき、南フランスとスイスのどちらへ向かうべきかと迷ったすえに、ローヌ川をさかのぼってレマン湖のほうへ行くことに決めた。

「リヨンから先は、ぼくたちのほうが白鳥号よりも有利だった。急流のローヌ川は、船ではセーヌ川のようにたやすくは遡って行けないからだ」(第四一章)。

歩いているレミ少年よりも船が遅くしか進めないなんて、へんな川だなあと、子ども心に不思議に思ったおぼえがある。

セセルの町まで来たとき、レミは停泊している白鳥号を見つける。よろこんで駆けよったが、船には誰もいない。近くにいる人にたずねると、セセルより上流は船では行けないので、ミリガン夫人一行はここで馬車に乗りかえてレマン湖へ向かったという。結局、レミはレマン湖畔の町でミリガン夫人に再会できるのだが、それにしても、航行できない川とはどんなふうなのだろう。広くてゆったりと流れる川しか知らなかった子どものわたしには不思議でならなかった。

それから長い年月がすぎ、ごく最近になってローヌ川の勾配図を見る機会があった。たしかにセセルから上流は、川の傾斜が恐ろしく急になっている。現在では水力発電のダムが作られているが、『家なき子』の時代の十九世紀には、ただただ危険な急流だったのだろう。その地域の地形ゆえに川が急流になっているのであるが、水浅葱色の流れが岸を洗っている写真を見ると、これは白いアルヴ川ゆえだという気がする。アルヴ川の心がセセルでも生きているのだ、と。

レマン湖から二〇〇キロメートルほど下流にある都市リヨン。ここでも、ローヌ川は白濁したままである。色はいっそうくすんで、水浅葱色というよりは錆浅葱色といった感じになっているが、流れはあいかわらず早い。

永井荷風は、『ふらんす物語』や『西遊日誌抄』のなかで、いくどとなくローヌ川の急流について語っている。荷風は一九〇七年七月末から一九〇八年三月末までの八か月間、リヨンで暮らしていた。横浜正金銀行リヨン支店に勤めていたのである。

リヨンの町には、ふたつの川が北から南へと流れている。町の東部にはローヌ川、西部にはソーヌ川である。ローヌ川のさらに東側の北のほうは高級住宅街になっており、そのあたりに荷風は下宿していたらしい。ローヌ川とソーヌ川にはさまれた地区はリヨンの中心部であり、市庁舎や美術館やオペラ座があって、荷風の勤める銀行もこの地区にあった。ソーヌ川の西側には貧しい旧市街や丘があった。丘の上には大教会堂が立っているが、荷風がリヨンに来る二〇年ほど前に建てられた新しい教会堂であり、華美な装飾が目につくからだろうか、荷風は「卑しい」建築だと評していた。

横浜正金銀行から南に三〇〇メートルほど行ったところに証券取引所があり、その正面入口の前に「ローヌとソーヌ」という石像がすえられている。クロールをするように手を前にのばして勢いよく泳いでいる男と、こちらに背を向けて静かに眠っている女の像である。ローヌ川とソーヌ川を男と女のすがたで表現しているらしい。

川の景観を擬人化して表現するという手法は、日本人にはなじみにくいが、ギリシア文化においてはしばしば見られるものであった。たとえば、ヴァチカン美術館にある大

なかで、つぎのように書いている。

「北方から流れるローヌ河はリヨンを分岐点としてローヌとソーヌの二つの流れに別れる。青い清流がしぶきをあげて貫くローヌ河に対しソーヌ河は油を流したように動かず、その水は、汚物や下水を含んでドス黒い」(「冬-霧の夜」)。

北から来るローヌ川が、リヨンでローヌとソーヌに分岐するのではない。北から来るソーヌ川と、北東から来るローヌ川が、リヨンで合流するのだ。遠藤周作は「油を流したように」動かないソーヌ川の流れの方向を見誤っていたのだろう。川の色は「どす黒い」というよりは藍色に近い感じだ。ソーヌ川の源流は、二〇〇〇メートル以上の高みにある氷河ではなく、標高四〇〇メートルほどの雑木林の横なので、急流でもなければ白濁もしていない。生まれたときから穏やかな川なのである。

荷風は、「鏡のごとく」に平らかなソーヌ川よりも、「ローンの急流」のほうを好んでいたようである。『ふらんす物語』や『西遊日誌抄』のなかで、一〇回以上もローヌ川のことを書いているからである。

「自分は、見渡すローン河の眺めを如何に愛するであろう。」

荷風の下宿はローヌ川の東側にあり、勤務する銀行や、親しんだオペラ座は川の西側にあったから、荷風は毎日、ローヌ川を渡って行き、渡ってもどっていた。毎日いくどとなく見ていると、川の小さな変化にも気がついて、親しみが増したことだろう。

荷風がローヌ川を渡るときに通っていたのは、ラファイエット橋かモラン橋であった。このふたつの橋は、当時は橋脚がアーチ型になった美しい橋であった。吊り橋であれば橋柱やワイヤーがじゃまになって景色が見づらくなるが、アーチ橋では歩道の横には石の欄干しかないので眺めがとてもよい。ラファイエット橋とモラン橋には、欄干が小さな半円形にふくらんでバルコニーのようになっているところが何か所かあった。そこに立つと展望は大きく広がって、背後を歩く人にわずらわされずに景色や水面をながめることができただろう。

ラファイエット橋とモラン橋のあいだに、吊り橋のコレージュ橋があったが、狭い人道橋なので、荷風にとってはあまり居心地のよい場所ではなかったのかもしれない。ワイヤーや橋柱がじゃまになるだけでなく、背後すれすれに人が通るからである。それゆえだろうか、荷風はコレージュ橋についてはまったく語っていない。いつもラファイエット橋かモラン橋の張り出し欄干にもたれて川をながめていたようである。

『ふらんす物語』のなかの「ローン河のほとり」では、川をながめるだけでなく、川の音を聞く楽しみについても書いている。

「[……] 石の橋台に激する急流の吠声である。自分は耳を澄して心の底深くこの水の音を聞きながら橋を渡る。」

毎日、夕暮れどきには、ローヌ川の河原の草のうえに腰をおろしたり、寝ころがったりして、川の音に耳をかたむけていた。

「急流の響のみを聞いて居れば、いろいろの事が眼に見える［……］。」

「自分はリヨンの街に着いたその翌日から、一日とても欠した事はなく、独り物思ひに耽けるため、此処に此うして、ぼんやりして居る。」

「急流の吼声」ゆえに、かえってもの思いにふけることができたのだろう。シャモニーのアルヴ川のほとりのように。

川の音だけではない。ローヌ川には、さまざまな表情があった。

「渦巻いて流れる広い水の面も、丁度洗ひ晒した水彩画の様」であったり、「急流の面は其の渦巻く波紋の色々に、眩いばかり燦き出し」たりする。

どんよりと曇った日には、ローヌ川もまた暗かったが、そんな景色さえ荷風には美しく見えた。『西遊日誌抄』に書いている。

「ロオン河上の暗澹たる景色却て歩を停めて打眺むるに足る」（一月一八日）。

冬の晴れた日には、「日の光春めきたりロオン河上の光景笑めるが如し」（二月一〇日）と感じる。ローヌ川に霧が出たときには、「薄き霧に覆はれし河の景色は病める美女の微笑めるに似たり」（三月九日）と思う。うすく霧のたちこめた川は、えもいわれぬ美しさであっただろう。

ある冬の朝、謎の微笑をうかべる女性に心ひかれて後を追ってゆくように、川の風景に魅せられて川べりをどんどん歩いていったことがあった。

「朝霧立迷ふロオン河の景色を見んとて河岸通を歩みつつ遠く郊外に至る」（二月一二日）。

女性のあとを追ってゆくうちに、気がつくと知らない町に迷いこんでいた、という気分だったのではないか。荷風は遠い見知らぬ風景のなかに立ちつくした。

「遠く郊外に」とは、どこまで行ったのだろうか。ローヌ川を下ったのではなく、おそらく遡って行ったのだろう。町の北部にある「ドール公園」は荷風の下宿から歩いて一五分ほどのところにあり、ときおり散歩に行っていた。公園は「町はずれ」にあってあまり遠くないから、そこからさらに足をのばしたのだろう。

公園から先のローヌ川には、当時は橋がかかっていなかった。鉄道橋がひとつあるだけで、歩いて渡る橋はなかった。急流でしばしば氾濫していたからである。橋のない川にそって歩いてゆくのはすこし怖い。もっと歩きたいと思っても、どこかで立ち止まって、同じ道を引きかえさねばならないからだ。そんな気持ちが「遠く郊外に至る」という言葉にこめられているような気がする。

ローヌ川をさかのぼって郊外へ行くまえに、荷風は川を下って、南フランスのほうへ向かったことがあった。一一月であった。その旅については、ひとりの友人の経験として『ふらんす物語』の「祭の夜がたり」で語られている。

その友人は、地中海のほうへ行きたい、できればイタリアまで行きたい、と思って列車に乗った。アヴィニョンまで来ると、そこで数日間をすごし、また汽車に乗った。車中からのながめについて、こう書いている。

「プロヴァンス州の、広い平野の真中をば、岸の柳を根から揺るやうにローンの大河が凄まじい速さで流れている。幾世紀前の遺跡とも知れぬ古い寂しい石の要塞が、急流の中程で、崩れたままに突立ている［……］。汽車は、目の下を流れるローンの水よりも早くなった。」

この「石の要塞」とは、アヴィニョンのサン＝ベネゼ橋ではないだろうか。

荷風がリヨンでながめていたローヌ川の幅は二〇〇メートルほどであるが、アヴィニョンをすぎたあとは五〇〇メートルちかい川幅に広がる。まさに大河だ。その川が「凄まじい速さで流れている」のを見て、やはりローヌ川だと荷風はうれしくなったのではないか。自分の乗っている汽車と速度を競ったりして、心のなかで川と戯れていたのかもしれない。

それから三〇年がすぎ、荷風はしばしば荒川のあたりをこのんで散歩するようになっていた。当時は荒川放水路とよばれ、葦や雑草の広く茂る、人とほとんど会うことのない場所だった。小松川閘門と小名木川閘門いうロックゲートがあり、どちらもどっしりした石造りで、上部がヨーロッパの城砦のようなかたちをしていた。ふたつの閘門はもう現存しないが、小松川閘門の一部だけは大島小松川公園のなかに残されており、そのヨーロッパふうの石造のかたちを見ることができる。

荒川の閘門について、荷風は「放水路」のなかでこう書いている。

「[……]石造の塔が、折から立籠める夕靄の空にさびしく聳えている。その形と蘆荻の茂りとは、偶然わたくしの目には仏蘭西の南部を流れるロオンの急流に、古代の水道の断礎の立っている風景を憶い起こさせた。」

「古代の水道の断礎」とあるのは、やはりアヴィニョンのサン＝ベネゼ橋のことであろう。ローヌ川の真ん中で崩れて、半分だけ残されているこの橋は、町の城壁門から直接つながっており、その門と周囲の城壁のかたちは小松川閘門の石塔とすこし似ている。茫々として葦や草の生えている風景も似ている。

荷風は荒川放水路と閘門のすがたを見て、三〇年前にながめた南フランスのローヌ川を思い出した。似ているからなつかしいと思っただけでなく、ふたつの川のながめが共鳴しているように感じられたのかもしれない。長い時間の経過とともに、荷風のなかで母国と異国の風景が響きあい、結びついていたのではないだろうか。

アヴィニョンまで来ると、ローヌ川の水はいっそう青くなるが、光の具合によっては錆浅葱色に見えることもある。すこし白みがかった川の色を見ると、二〇〇キロメートルも離れたリヨンとおなじ水が流れているのだと思う。

アヴィニョンからさらに下ってゆくとアルルの町がある。ローヌ川は、アルル駅の横をかすめるように流れたあと、線路から離れて南下をつづけ、地中海にそそぐ。

一九〇七年一一月、荷風の乗った汽車はアルル駅でローヌ川と別れると、やがて進路を東向きに変えて進み、マルセイユ駅に着いた。大都市であるマルセイユはにぎやかで騒々しく、荷風はなんともいえない疎外感をもった。

一一月なのに、「太陽が、夏のように明く美しく、藍色の海の上に輝き渡る」のを見て、「云ふに云はれず淋しくなった」という。

荷風が見たかったのは、光り輝く藍色の海ではなく、霧におおわれた錆浅葱色の川だったのだろう。イタリアへ行くどころか、マルセイユに来ただけで疲れはててしまった荷風は、「すごすごとリヨンへ帰って来た」のだった。そしてローヌ川をながめてすごす日々にもどった。

しばらくして日本への帰国が決まり、ついにリヨンを去ることになった。出発前夜の三月二七日に荷風はローヌ川に別れを言いに行き、欄干にもたれて悲しみにくれた。

「如何なる故か今宵のみはローンの急流狂奔の響きを立てず岸辺の舟を打つ小波の音言ふばかりなく物優しく聞こえぬ。夜は晴れて星出で風暖かし。余はローンの流を見るも今宵限りぞと思へばおのづから歩みも遅く欄干に凭れて涙を流しぬ」（『西遊日誌抄』）。その日だけは、川がやさしく語りかけてくれているような気がした。荷風が愛した錆浅葱色のローヌ川。それは、青緑色のおだやかなレマン湖と、アルプスから二〇〇〇メートルを駆けおりてくる白いアルヴ川のたまものだったのである。

荷風が荒川放水路べりを散策していた一九三〇年代後半から、さらに一〇年以上がすぎた。戦争によって家を失い、関西や熱海を点々としたあと、市川市で借家住まいをしていた。そのころはよく真間川べりを歩いた。真間川は、江戸川から分かれて市川市を流れ、はじめは東へ向かい、やがて南へ方向を変え、そして東京湾にそそぐ。

ある日、荷風は川にそってひたすら東南方向へ歩いてみた。中山駅の近くをすぎると川幅は広くなった。欄干のない「やなぎばし」をわたり、寺の塔を横に見ながら進んでゆくと、また橋があった。その橋の上に立って下流のほうをながめた。

「遥に水の行衛を眺めると、来路と同じく水田がひろがっているが、目を遮るものは空のはずれを行く雲より外には何物もない。卑湿の地もほどなく尽きて泥海になるらしい」（「葛飾土産」）。

見わたすかぎり茫々としており、その先には橋も見えない。海が近いかと思ったが、通りかかった子どもにたずねると、まだかなり遠いとのことだった。橋のかかっていない川をさらに下ってゆくのは恐ろしい。荷風は立ち止まり、引き返さざるをえなかった。

「わたくしは遂に海を見ず、その日は腑甲斐なく踵をかえした。」

もと来た道をもどってゆく荷風の後ろすがたが見えるようだ。四〇年まえのリヨンでローヌ川をさかのぼり、郊外まで歩き、そこから先は橋がなくなるというところで引きかえした荷風のすがたと重なった。「腑甲斐なく踵をかえした」と書いているが、道をもどりながら荷風は微笑んでいたのではないか。好きな川にそって下ったり遡ったりして家にもどってくることこそ、川散歩の楽しみだからである。

ごく最近のことである。長野県の大町市を車で走っていたとき、横を流れている川が水浅葱色をしていることに気づいて、はっとなった。白いアルヴ川のことを思い出した。いや、アルヴ川というよりはローヌ川だ。ジュネーヴで、アルヴ川の急流がぶつかったあとのローヌ川の色。あのローヌ川ほどは白濁しておらず、もうすこし透明感があるがおなじような水浅葱色の川だった。

高瀬川というらしい。源流は北アルプスの槍ヶ岳の北側にあるという。水源から出た流れは、大町市の山中をしばらく北へ向かったあと、Uターンするように南へ向きを変え、安曇野市で犀川に合流するとふたたび北へ向かい、やがて千曲川に合わさり、信濃川となって日本海にそそぐ。

数百キロメートルにおよぶ長い流れのなかで、高瀬川という名でよばれているのは水源から五六キロメートル行ったところまでにすぎないが、その短い距離のあいだに、標高三〇〇〇メートル以上の槍ヶ岳から標高五〇〇メートルほどの犀川合流点まで流れ落ちるのである。だから途中にダムが三つも作られて、水量が調節されている。そんなことを知ると、やはり高瀬川とアルヴ川は似ていると思った。いや、氷河や雪渓のある高峰に源流をもつ川は、ほとんどがそんなふうなのだろう。

槍ヶ岳のあたりの山々や雪渓から滲み出る水は、まず「天上沢」や「千丈沢」といった数多くの「沢」になる。それらが集まって水俣川や湯俣川という川になり、ふたつの川が合流する標高一四〇〇メートルのところで、正式に高瀬川という名になるらしい。アルヴ川のほうは、バルムの山の「オータンヌの急流」や「カルラヴェの急流」が合流する標高一七〇〇メートルのところで、その名が始まっている。「川」になる前は、フランスでは「急流」と呼ばれ、日本では「沢」と呼ばれているとわかり、なんとなくうれしくなった。やはり似ているのだ。

水俣川と湯俣川が合流して高瀬川とよばれる地点からさらに五キロメートルほど下ったところに、大きな湖がある。高瀬ダムの湖で、美しいエメラルド色の水で有名だという。高瀬渓谷の花崗岩と長石と、上流から流れてくる硫黄とによって、水がエメラルド色になっているそうである。高瀬ダム湖の写真をいくつか見てみた。季節や天候や写真によって水の色合いは異なるが、おおよそ浅葱色をしていることがわかった。そのような色をしている川や湖を見てみたいと思ったが、高瀬ダムへ行くには、その手前にある七倉ダムから往復三時間ほど歩かねばならないようだ。

そんなとき、おなじ北アルプスの燕岳に登ることがあった。標高二八〇〇メートル近い山頂からまわりの景色をながめていたとき、ふと西側の足もとのほうを見おろすと、千数百メートルも下の渓谷を浅葱色の川が流れているのが目に入った。川水は、太陽の光をうけて、翡翠石のようにきらきらと輝きながら谷間を流れていた。もしかしたら、あれは湯俣川なのではないか。高瀬川のさらに上流にある湯俣川。見たいと思っていた川がこんなところから見られるとは、と驚きながら、遠くで光っている浅葱色の川の美しさに茫然となった。

シャモニーで白いアルヴ川に魅かれて、源流までさかのぼり、それから下ってローヌ川になるところをながめた。下流のリヨンやさらに下流のアヴィニョンでも、ローヌ川のなかにアルヴ川が生きていることが感じられた。アルヴ川の源委をたずねたというよりは、川の物語をたどってきたという気がする。

アルヴ川に友情のようなものを感じるようになった。その友情ゆえに、高瀬川が目にとまり、燕岳の山頂から高瀬川の源流近くを目にするという幸せをあじわうこともできたのだ。山や川はときおり、思いもよらない贈り物を差し出してくれる。

子どものときに親しんだ川のことを思った。あの川のながめは、忘れえぬ景色として目に残っているが、子どものわたしは、その風景の外に出て上流へ行ってみたいとか、山のなかの源流はどんなだろうとは考えもしなかった。長い年月がすぎ、川から遠く離れた今になってようやく、あの記憶の遠景をふたたびながめたいと思うようになった。四国をつらぬいて流れる吉野川を。

名前とは最後のため息

二〇年あまり前の夏に、フランス南東部の町、グルノーブルを訪れたことがあった。パリから南に約五〇〇キロメートル、地中海から北に二〇〇キロメートル、イタリアとの国境から七〇キロメートルの山間にたたずむ地方都市である。まわりを二〇〇〇メートル以上の高い山々に囲まれており、盆地のなかで安らいでいるような穏やかな雰囲気がある。町の北部にはイゼール川が東西にうねうねと流れ、町の西部にはドラック川が南北にしゅっと定規で線をひいたように走っている。

なぜ、あの夏にグルノーブルに行ったのだろうか。南フランスを旅行するついでに立ち寄ったというわけではなく、パリからグルノーブルに往復しただけの数日間の旅だった。何か理由があったにちがいないのだが、思い出せない。当時の日記を見ても、「パリから三時間で来られるのでとても便利だ」としか書かれていない。ちょっとした気まぐれで、パリの喧騒から逃れて、静かで涼しげな山の町を歩いてみたいと思っただけなのかもしれない。

七月末の暑い日であった。パリから直通のＴＧＶに乗って、グルノーブル駅に着いた。

駅舎の外に出ると、期待していた涼しさどころか、強い太陽が照りつけて目がくらみ、パリとはまったくちがうきびしい暑さに呆然となった。足元から熱気がむっと立ちのぼってくるこの感じは、学生時代にすごした京都の夏みたいだ、と思った。どちらも盆地にある町だから、暑さの感じが似ているのかもしれない。

そのときの日記を詳しく読んでみた。

宿に荷物を置くとすぐに街中に出た、と書かれている。「グルノーブル美術館」はすばらしいコレクションで有名なので早く見に行きたかったが、午後の遅い時間に入館してあわただしく見てまわるのは気がすすまなかったので、近くにある小さな「スタンダール博物館」のほうを先におとずれることにした。スタンダールはグルノーブルで生まれ育った作家であり、グルノーブルといえば誰もがまずスタンダールのことを思い出す。わたしは彼のためにグルノーブルに来たわけではなかったが、やはり真っ先にスタンダールに呼びとめられてしまったという感じだった。

「スタンダール博物館」は、スタンダールの手稿などの展示物がすこし置かれているだけで、展示室数も多くないので、すぐに見終えてしまった。ほかに見学客は誰もいなかった。館員があれこれ気をつかって、「なにか質問はありませんか」とか「ビデオを見ませんか」と親切に話しかけてくれる。それがかえって気づまりになり、早々と博物館を出た。

外に出るとまだ明るかったので、イゼール川のほとりを散歩することにした。のんびり歩いているうちに日が傾いて、山々がすこし赤紫色をおびてきた。川面が夕方の陽を受けて、ちらちらと光った。

日記には「山紫水明の美しさ」と書いてあった。「山紫水明」とは、頼山陽が京都で鴨川と東山の景色を見て思いついた表現である。京都の風景を賞賛する言葉をもちいてグルノーブルの川景色を表現するとは、と自分でもおかしくなった。グルノーブル駅に降り立ったときの暑さが京都とおなじだと思ったときから、グルノーブルと京都を結びつけて考えたくなったのだろうか。いや、赤く染まりかけた山ときらきら光る川を見て、ふと浮かんだ言葉を書きとめただけなのだろう。

日記はつづく。

「川べりを歩いていると、グルノーブルがまわりを高い山々に囲まれていることがよくわかる。すぐ北側にシャルトルーズ山塊、西南方向にヴェルコール山塊、南にタイユフェール山塊、そして東にはベルドンヌ山脈だ。」

当時は、そのあたりの山々については何も知らなかったので、地図を見ながら山名をひとつひとつ日記に書き写していったのだろう。名前を記しながら、楽しい気分だったにちがいない。

あれから二〇年以上がすぎた。当時の日記を手にとって、街のようすを思い出しながら読んでいると、この四つの山名が気になってしかたなくなった。なにかが記憶の糸をたぐり寄せている気がして、じっと四つの名前を見つめた。悲しいのか楽しいのかよくわからない不思議な気分にとらわれて、ため息をついた。

当時から現在にいたるまで、四つの山塊のどこにも登ったことはないし、足を踏み入れたこともない。二〇年まえにグルノーブルに来たときに、町のすぐ北側の高台に上がって、ぐるりと山々の遠景をながめたおぼえはある。町のまわりに連なる高い峰々を見て、すばらしい眺望だと感心したものだ。

調べてみると、すぐ北側にあるシャルトルーズ山塊は、標高二〇八二メートルの「シャムショード」が最高峰だという。西南にあるヴェルコール山塊は、二三四一メートルの「大ヴェイモン」が最高峰。南側のタイユフェール山塊は、二八五七メートルの「タイユフェール山」で、東側のベルドンヌ山脈は二九七七メートルの「ベルドンヌ大尖峰」である。

二〇〇〇メートルから三〇〇〇メートルの山々にまわりを取り囲まれて静かにたたずむ町、グルノーブル。山々はけっして威圧的ではなく、町を守っているようにさえ感じられた。町の標高は二〇〇メートルあまりにすぎないから、なんという高低差であろうか。なんという美しさであろうか。

二〇年まえのわたしは、それらの山々にあまり関心がなかったので、心に残っている情景もなければ、特別な思い出もない。にもかかわらず、日記のなかで四つの山名を見たとき、遠い記憶や言葉や感情が一気に押しよせてきたかのような胸ふさがる思いがしたのだった。

かつて本で読んだ何かが、記憶の底から浮かび上がってきたのだろうか。プルーストが『失われた時を求めて』のなかで語っていた「土地の名」の効果だろうか。行ったことのない土地は、その名前の響きや、人から聞いた話や、本の物語の内容などから、自分なりのイメージを作りあげて夢想することができるのである。

ふたたび「シャルトルーズ」「ヴェルコール」「タイユフェール」「ベルドンヌ」という四つの山名をじっと見つめた。何かを思い出しそうな気がした。美しい響きを持つこれらの名前を見ていると、感情をもてあますような落ち着かない気分がいっそうつよくなって、息苦しさをおぼえた。

四つの山群のなかで、グルノーブルからながめてもっとも印象的な山はタイユフェールであろう。町の南の方角二〇キロメートルほどのところに立つタイユフェール山は、ごつごつして赤茶けた岩山である。

グルノーブルの町のすぐ北側にバスチーユ城塞という五〇〇メートルほどの小高い丘

があって、そこに上がると、正面にくっきりとタイユフェール山塊を見ることができる。ほかの山塊や山脈は長くどこまでも延び広がっているが、タイユフェール山塊はあまり大きくない。三つの支脈からなっているらしいが、グルノーブル側からながめると、近くの山群からすこし離れて立つ独立峰のように見えるし、まわりの山々よりも高くて雄壮な感じがする。

グルノーブルで育ったスタンダールは、子どものころにバスチーユの高台によく登っていたという。当時は、荒れ果てて小さな家しかなかったらしいが、十九世紀末にりっぱな城塞が建てられた。現在はイゼール川の横から観光用のロープウェイも出ており、数分間でバスチーユの見晴し台に立つことができる。

ふうがわりなロープウェイである。二〇年まえにイゼール川のほとりを散歩していたとき、空に五つのガラス玉が浮かんでいるのを見て驚いたおぼえがある。ガラス球のような真ん丸のキャビンが五つ連結されて、たこ焼きを一列に並べたようなすがたで急勾配を上がってゆくのだ。グルノーブルの観光名物になっているそうである。

スタンダールの時代には城塞もなかったので、高台へ行く人はほとんどいなかった。スタンダールは、人のいない丘に友人とふたりで登るのが好きだった。

「ぼくたちはいっしょに散歩をした。とくにラボの塔やバスチーユのほうに行った。そこから、すばらしい景色が楽しめた」(『アンリ・ブリュラールの生涯』)。

スタンダールは、家族との不快な思い出のあるグルノーブルの町をひどく嫌っていたが、町のいちばん近くにそびえるタイユフェール山だけは大好きだった。ずっと親しみと愛情をもちつづけており、五十四歳の夏に久しぶりにグルノーブルに帰ってきたときには、こう書いている。

「まず最初にバスチーユに登った。[……]バスチーユへ行くと、ほとんど正面にタイユフェールの巨大な尖峰が見える。」

「上のほうの驚くべき高さのところにタイユフェール山が見え、その万年雪が、夏のきびしい暑さと対照をなして、感動に深みをあたえていた」(『ある旅行者の手記』)。

真夏のタイユフェール山には雪はなく、雪渓がほんのわずか残っているだけである。いくどとなくタイユフェールをながめては感動し、心なぐさめられていたスタンダールの目には、さまざまな季節のタイユフェール山のすがたが重なって見えたのではないか。雪をかぶった冬山の雄々しいすがたや、雪は溶けても雪渓があちこちに残っている初夏のすがた、赤茶けた岩肌がむき出しになっている真夏のすがたなどが重なって見えていたのだろう。

ひとつの山をいくどとなく眺めてきたひとは、いま目に見えている山のすがたのなかに、かつて見たいくつもの景色と過ぎ去った自分の時間とが重層的に内包されているのを感じとるのである。

「タイユフェール」という名を目にすると、ひとりの不幸な女性のことも思い出す。この山とは何の関係もなく、たんに名前が同じであるという女性なのであるが。バルザックの小説、『ゴリオ爺さん』と『赤い宿屋』に登場するヴィクトリーヌ・タイユフェール嬢である。

ヴィクトリーヌは、生まれたときに、金持ちで銀行家の父親から娘として認知してもらえなかった。父親は、正妻の息子だけに全財産をゆずりたかったのである。そのことに母親は絶望し、病気になって死んでしまう。ヴィクトリーヌは、親切な遠縁の女性に引き取られて、心やさしく信心深い娘に育った。金髪で色白の、優美な雰囲気をもった娘であるが、内気で質素な身なりをしており、いつも悲しげな表情をうかべていた。冷たい父親を恨むことなく愛しつづけており、毎年、父親に会いに行くのだが、いちども館に入れてもらえなかった。兄のほうも冷淡で、ヴィクトリーヌに会おうともしなかった。その兄が急死する。父親のタイユフェール氏は態度を一変させ、ヴィクトリーヌを娘として認知し、館に住まわせることにする。自分の財産をゆずる子どもが必要になったからである。

ここまでが、『ゴリオ爺さん』のなかで語られている内容である。その後、ヴィクトリーヌ嬢はどうなったのだろうか。約一〇年後のようすが、小説『赤い宿屋』のなかで語られていた。

父親に引き取られるとすぐに、ヴィクトリーヌは修道院に入れられたようである。数年後に父親の家にもどってきて、父親の身のまわりの世話をさせられるようになる。美しくて慎ましいヴィクトリーヌのすがたを見て、彼女に恋する男もあらわれた。男は結婚したいと望むが、父親のタイユフェール氏がかつて人を殺して金を奪った人間であることを知る。父親は二か月後に病死するが、男は結婚をあきらめる。

その後、ヴィクトリーヌがどうなったかはわからない。バルザックのほかの小説でもまったく語られていない。父親が死んだあとは、おそらく家から出ることもなく、ひっそりと暮らしたのではないだろうか。そんなふうに想像してしまう慎ましい娘、ヴィクトリーヌ。タイユフェールという山名は、そんな悲しい娘のことを思い出させる。


グルノーブルの西南には、ヴェルコール山塊が長く伸びている。標高二〇〇〇メートル前後の山々が、北から南へと延々とつらなる細長い山塊である。

「ヴェルコール」と聞くと、第二次大戦中に地下出版された中編小説『海の沈黙』の作者の名前を思い出す。これはペンネームで、本名はジャン・ブリュレールといい、もともとはユーモラスな挿絵画家だった。一九三九年に第二次大戦が始まると、ブリュレールはヴェルコール山塊の西麓の町に軍時動員された。しばらくして彼はレジスタンス運動に入り、町から見える山塊の名にちなんで、「ヴェルコール」というレジスタンス名をなのったという。

一九四〇年にフランスがドイツに占領されると、出版が厳しく検閲されるようになった。ブリュレールは、一九四一年秋にパリで地下出版の「ミニュイ（深夜）社」を創立する。そして翌年には、ミニュイ社の一冊めの本を出版した。ブリュレールが「ヴェルコール」のペンネームで書いた中編小説『海の沈黙』である。

物語は、ドイツによる占領が始まって間もないころのできごとである。

ある村にドイツ軍がやってきた。老人とその姪が静かに暮らしている家の二階に、ひとりの若いドイツ人将校がしばらくのあいだ住むことになった。将校は作曲家であり、教養があって、フランスの文学と芸術が好きだった。毎晩、彼はふたりに向かって友好的に芸術の話を語りつづけた。老人と姪は話を聞きながら、ひとことも発することがなかった。沈黙という抵抗であった。

六か月がすぎたころ、将校は休暇でパリに出かけて行った。村に帰ってきたとき、彼は絶望していた。フランスを破壊することがドイツの目的であるとやっと気づいたのだ。仲のよかった兄弟までもがその考えに染まっていることを知り、将校は望みを失って、フランスの地を離れることに決める。過酷な東部戦線へ行くことになった。「地獄へ行くのです。」

出発の前夜に、将校はふたりに向かって「さようなら（アデュー）」と言った。長い沈黙のあと、姪ははじめて口をひらき、小さな声で「アデュー」とつぶやいた。将校はほっとしたように微笑んで、部屋から出て行った。翌日から、老人と姪の生活はもとにもどった。

この『海の沈黙』の最初のページには、献辞が書かれている。

「殺された詩人、サン＝ポル＝ルーに捧ぐ。」

サン＝ポル＝ルーは、一八六一年にマルセイユで生まれた象徴派詩人であり、シュールレアリスムの先駆者とも言われる作家である。二十一歳のときからパリに住み、詩人かつ演劇作家として活動していたが、一八九八年にブルターニュの最西端の農村に隠棲する。パリの文学界の傲慢さに嫌気がさしたからだとも言われている。しばらくして、サン＝ポル＝ルーは海を見下ろす丘に家を購入し、娘とふたりで静かに暮らす。その家には、さまざまな作家や芸術家たちが訪ねてきたという。

一九四〇年六月二三日の夜、突然、ドイツ兵が家に押し入ってきた。サン＝ポル＝ルーと娘ディヴィーヌに暴行し、家政婦ローザを殺害した。父と娘は長い入院生活をすることになった。一〇月のある日、まだ入院中だったサン＝ポル＝ルーは、自分が数年間にわたって書きためた原稿がドイツ兵によって破棄され燃やされてしまったことを知る。その原稿を再び書くことはできないと思った彼は絶望し、容態が悪化して、数か月後に亡くなった。

このサン＝ポル＝ルーに、ヴェルコールの『海の沈黙』は捧げられている。ドイツによって殺された文化の象徴的な存在としてその名が記されたのであろう。サン＝ポル＝ルーの家に押し入ったドイツ人が、『海の沈黙』の若い将校のように文化的で心やさしい人であってほしかったという思いがすこしはあったのかもしれない。いや、『海の沈黙』のドイツ人将校にしても、結局は東部戦線で死ぬことになったであろう。彼が楽しそうに話していた彼の芸術も消えてしまっただろう。将校が家を去ったあと、老人と姪はもとの平和な生活にもどることができただろうか。おそらくは、べつの悲劇にみまわれたのではないか。

そのような恐ろしさと悲しみがこの本には満ちている。「ヴェルコール」という名を目にすると、この本と「殺された詩人、サン＝ポル＝ルー」のことを思って、暗澹とした気持ちになる。


シャルトルーズ山塊は、グルノーブルのすぐ北側に、町を見おろすようにどっしりと座し、ずっと奥のほうまで広がっている。町の北のほう一〇キロメートルあまりのところに、最高峰のシャムショードがそびえており、城塞のように無骨な岩峰が町からも見える。冬になると雪をかぶった白い尖峰が見えるという。

シャムショードのふもとの道を北のほうへ進み、さらに一〇キロメートルほど山間部に踏み入ってゆくと、大シャルトルーズ修道院がある。カトリックでもっとも厳格で、会話をすることの許されない沈黙の修道会、シャルトルー会（カルトジオ会）の総本山である。

まわりを高い山々にかこまれて、森のなかにひっそりとたたずむ修道院。現在は、中に入ることはもちろん、建物に近づくこともできない。十九世紀前半には、何人もの作家がシャルトルーズ山塊に分け入り、修道院をおとずれていた。そして修道院を舞台にした作品を書きのこしている。

たとえばバルザックは、一八三二年夏に大シャルトルーズをたずねた。修道院のなかを見学してつよい感銘を受け、ただちに小説『田舎医者』を構想し、一気に書きあげた。その小説のなかで、主人公が険しい山道を歩いて大シャルトルーズに近づいてゆく場面がある。あたりの景色について、こう描かれている。

「そそり立つ岩壁、断崖、静寂のなかの急流の音、高山に囲まれながらも果てることのない孤絶。人間の不毛な好奇心しか届くことのない隠れ場、自然の絶景によって和らげられている恐ろしい未開の地、樹齢千年のモミの木と、はかない草花。」

バルザック自身が、シャルトルーズ山塊の山道を歩いて修道院に向かったときに見たのは、このような風景だったのだろうか。恐ろしさと孤独、永遠とはかなさを象徴するような景色だったのだろうか。

おなじ年に、アレクサンドル・デュマも大シャルトルーズをおとずれて、旅行記『旅の印象』のなかで、あたりの山道のようすについて書いている。

「道は狭くて、正面を向いて通ることができないほどだ。右手には断崖があり、その深さはわからないが、谷底で急流のごうごうという音が聞こえた。」

バルザックとデュマがともに語っている「急流」とは、「ギエ川」のことであろう。ギエ川には二つの流れがあり、それぞれ「生のギエ川」、「死のギエ川」と呼ばれている。名前の由来は不明だが、大シャルトルーズ修道院の近くを流れているのは「死のギエ川」のほうであり、ところどころに深くて険しい峡谷がうがたれている。パリのおだやかなセーヌ川を見慣れているバルザックやデュマにとっては、ギエ渓谷は恐ろしい川に見えたにちがいない。

シャルトルーズ山塊は、パリの作家が気軽に歩けるようなところではない。それでもふたりはシャルトルーズの山中に分け入り、恐ろしさにふるえながらも断崖と峡谷と森にかこまれた修道院をめざしたのだった。孤絶した深い森のなかで生きる修道士たちに会うために。

だが、ふたりには修道士の沈黙の祈りを理解することができなかったようである。結局、バルザックは小説『田舎医者』と『アルベール・サヴァリュス』を書き、デュマは

『旅の印象』のなかで修道士の告白話を書いたが、どの作品においても、人生に絶望した主人公が心の安らぎをえるために大シャルトルーズ修道院に隠遁した、というふうに描かれただけであった。

スタンダールは、十代半ばに友人と何度かシャルトルーズ山塊を歩いたことがあった。「大シャルトルーズは、わたしが行ったことのある唯一の山だった」と自伝のなかでも書いている。実際には「大シャルトルーズ」という名の山はないが、スタンダールはシャルトルーズ山塊のことをしばしばこう呼んでいた。「大シャルトルーズ修道院のまわりの山々」という意識が強かったからだろうか。十一世紀末に聖職者ブルーノがシャルトルーズ山塊のなかに修道院を開き、そこが大本山となったから「大シャルトルーズ修道院」とよばれるようになったのであり、スタンダールはその歴史をよく知っていた。いや、知っていたからこそ、大シャルトルーズ修道院のある山塊を大シャルトルーズと呼びたかったのかもしれない。畏敬の気持ちをこめて。

スタンダールも、修道院をおとずれたときには山道を歩いていった。彼はグルノーブル育ちであるから、バルザックやデュマと違って、ギエ渓谷を怖がることはなかった。

「シャルトルーズ修道院は、かなり高地の谷間の、ギエ渓谷の近くにあり、グラン・ソムと呼ばれるずっと高い山のふもとにある。」

淡々とこう述べたあと、その地を「孤独でほんとうに崇高な場所」と表現している。とはいえスタンダールにしても、ほかの作家たちとおなじように、やはり沈黙の修道士を理解することはできなかったようである。『ある旅行者の手記』においては、シャルトルーズ修道院とは「世間と人間にうんざりした気の毒な人」が逃げ込む避難場所だ、と述べている。

スタンダールが最晩年に書いた小説『パルムの僧院』には、イタリアのシャルトルーズ修道院のことが書かれている。主人公ファブリスは、愛する女性と幼い息子を失って絶望し、「ポー川に近い森の中のパルムのシャルトルーズに隠遁した」のである、と。当時、パルマの近くの修道院は、森の中ではなく平野にあった。見わたすかぎり畑の広がる平野に、ぽつんと立っていた。グルノーブルで育ち、大シャルトルーズを知っているスタンダールにとっては、シャルトルーズ修道院は山の中に、あるいは森の中に立っていてほしかったのだろう。

「シャルトルーズ」という山名を耳にすると、十九世紀の小説家たちの作品のことを思い出す。修道士とは人生に絶望した人たちだ、と考えた小説家たちの作品を。そのように描かれた修道士たちの孤独に心を寄せたくなる。

それとともに、沈黙の祈りのなかで静かに生きている修道士は絶望した人たちではないはずだ、という思いも強くなる。長いあいだひたすら祈りつづけるには、強い意志と信念とが必要であろう。沈黙のなかで生きていると、心ははるかに自由になるのではないだろうか。

そのような修道士たちをいだいている瞑想的なシャルトルーズ山塊。ふかく静かな森のなかには、修道士たちの沈黙の祈りと、作家たちの悲しい言葉とが流れ、漂いつづけているように思われる。

グルノーブルの西側には、ベルドンヌ山脈が連なっている。「美しい女性」という名をもつこの山脈には、標高二〇〇〇メートル以上の山々が三一峰も猛々しく七〇キロメートルにわたって連なっている。美しさと雄々しさを合わせもつ山脈である。それゆえであろうか、「ベルドンヌ」という名前を目にすると、なにか複雑な気持ちになってくる。明るくて楽しい記憶と、静かで悲しい記憶とが混じりあっているような、何とも言えない気分になる。

楽しい記憶は、おそらく『三人の司祭、山に登る』という小説によるものであろう。アルプスの山村の司祭であった人が、ジャン・サレンヌという筆名で書き、一九三八年に出版した自伝的小説である。この小説に「ベルドンヌ」の名がいちどだけ出てくる。

グルノーブルの神学生だったジャンは、偶然に手にとった山岳雑誌を読んで、アルピニスムに興味をもった。山に行きたいと思うようになり、まずスキーを練習しようと考えて、仲間と三人でスキー場に行くことにした。

「シャルトルーズ山塊はあまり高くないから、ぼくたちはベルドンヌ山脈のほうをえらんだ。」

シャルトルーズ山塊のスキー場は、標高一〇〇〇メートルあたりに位置していることが多い。たしかに「あまり高くない」と言えるだろう。ジャンたちは、ベルドンヌ山脈の南端のシャンルッスのほうへ向かった。シャンルッスのスキー場は標高二二五〇メートルである。ジャンたちの望みに合っていた。

スキーで滑り降りるには、まず山頂まで歩いて登らねばならない。はじめてスキーをするジャンたちにとっては、スキー板をつけて登山をするのは予想もしない苦労であった。なんとか上まで登りきって、どうにかスキーで滑り降りることができた。苦労が大きかったからこそ、楽しさも際立ったのだろう。ジャンたちはそれからアルピニスムにのめり込んでゆく。ベルドンヌ山脈のスキー場は、彼らにとって楽しい思い出の場所となったのである。


「ベルドンヌ」の名が静かな悲しみももたらすのは、なぜだろうか。

ベルドンヌ山脈を舞台にした悲しい小説を読んだ記憶はない。「ベルドンヌ」は山脈の名前にすぎない。その名をもつ町も村も存在しないから、小説の舞台になりにくいように思われる。

もしかしたら、ベルドンヌ山脈のなかではなく、山脈の見えるどこかの町か村で悲しいできごとがあったのかもしれない。それは、どこの村で、どんなできごとだったのか。なにか記憶にひっかかる地名はないかと、ベルドンヌ山脈の周辺地域の地図をつぶさに見ていった。

グルノーブルから北東に二〇キロメートルほどのところに、「サン＝ティレール＝デュ＝トゥーヴェ」という村があるのを見つけた。この長い名前を目にしたとき、どこかで見たおぼえがあると思った。

「サン＝ティレール＝デュ＝トゥーヴェ」は、ベルドンヌ山脈ではなく、シャルトルーズ山塊の東南端の斜面にひっそりとたたずむ小さな村である。北側に標高二〇〇〇メートルあまりのクロル尖峰を背負っている。尖峰の斜面は、標高一〇〇〇メートルあたりのところで高原のように広がっており、その高原にサン＝ティレール村が静かに横たわっている。下のイゼール川のほうから見ると、標高差が七〇〇メートル以上もある恐ろしげな岩壁がそびえているだけで、その上に高原や村があるとはとても思えない。村のほうからも下の町や川は見えず、正面にベルドンヌ山脈がそびえているのが見えるだけのようである。まさに桃源郷のような村なのだ。

村は孤立しているわけではない。下の町とサン゠ティレール村とを結ぶためのケーブルカーが設置されているらしい。七〇〇メートル以上の高低差を一気に登ってゆくケーブルカーは、ヨーロッパでもっとも急勾配だという。

村の地図を端から端まで見ていった。人の住んでいる集落から離れて、村のなかでもかなり高いところに、広い病院の跡地があった。気になって調べてみると、最近になって雪崩や落岩の危険が大きくなったので、病院は閉鎖され、建物は解体されたという。この病院は、一九六〇年代まではサナトリウムだったそうである。

サン゠ティレール村のサナトリウム。ああそうだ、とようやく思い出した。批評家のロラン・バルトが若いときに療養していた病院なのである。

一九三四年に、十八歳のバルトは肺結核を発病し、あちこちの山村で療養をつづけた。完全に治癒してパリにもどったのは一九四六年であるから、一二年という長いあいだを療養していたことになる。そのうち、サン゠ティレールの学生サナトリウムにいたのは一九四二年一月から一九四五年二月までであり、寛解状態になってパリにもどっていた期間をのぞくと、二年半ほどをサン゠ティレールで過ごしたようである。

当時、サナトリウムには三〇〇人もの学生が療養していたという。当時の写真が残されている。建物の背後には標高二〇〇〇メートルのクロル尖峰が屏風のようにそそり立ち、サナトリウムを冷たい北西風から守っていた。建物は東南方向に向いていたので、どの病室からもベルドンヌ山脈が間近に見えた。とりわけ正面には、山脈の最高峰である二九七七メートルの「ベルドンヌ大尖峰」が、その白く鋭いすがたを輝かせて美しくそびえていた。

サナトリウムでの治療は、山の清らかな空気のなかでひたすら安静にすごすものであった。体調の悪いときには、一日に一八時間以上も横になっていることがあったという。そんなときにベッドから見えたのは、ベルドンヌ山脈の白い峰々だけだっただろう。バルトはどんな気持ちで山をながめていたのだろうか。パリでの普通の生活に早くもどりたいと切望しながらも療養をつづけねばならなかった若者にとって、山々のすがたは美しいけれども悲しみをあたえる景色だったのではないか。

毎日ながめていたベルドンヌ山脈について、バルトは何も書き残していない。友人たちに書き送った手紙のなかでも、まったくふれていない。十八歳のときにピレネー山脈のふもとの村で療養していたときも、そしてサン゠ティレール村を出てスイスのレマン湖近くの山麓の病院ですごしていたときも、山についてはひとことも書いていない。山には興味がなかったのだろうか。むしろ山から逃れたかったのかもしれない。療養のときにつねに目の前でそびえている威圧的な存在から。

サナトリウムの学生同人誌『エグジスタンス』に、バルトはしばしば文章を発表していた。そのなかに、いちどだけ「ベルドンヌ」という言葉が出てくる。

一九四四年九月のことである。音楽学校の三人の学生がサナトリウムに慰問に来て、コンサートをひらいたそうである。プログラムは、ハイドン、モーツァルト、ベートーヴェンの室内楽であった。音楽が好きなバルトにとっては、たいへんうれしいできごとだったらしく、『エグジスタンス』誌に好意的な報告文を書いている。数十行だけの短い文章であるが、コンサートを称賛する気持ちにあふれており、「あらゆる美徳と歓喜が感じられた」と書いている。報告文のタイトルは「ベルドンヌの三人の学生による室内楽コンサート」であった。

「ベルドンヌの三人の学生」とは、どういうことだろうか。「ベルドンヌ」は山脈の名前にすぎないから、その名をもつ地域も村も存在しない。ベルドンヌ山脈のなかに音楽学校や大学が建てられていたはずもない。もっとも近くの音楽学校は、当時も現在もグルノーブルにしかない。

なぜバルトが「ベルドンヌの学生」と書いたのかはわからない。「ベルドンヌ」とは、サナトリウムの外の世界という意味だったのかもしれない。あるいは、サナトリウムの仲間うちで特別な意味をもつ言葉だったのだろうか。いずれにせよ「ベルドンヌの学生」という表現には、暖かく歓迎する気持ちがこめられていることは確かである。サナトリウムに音楽のよろこびをはこんで来てくれた人たちのことだからである。しかも

「ベルドンヌ」という語は美しい響きをもっているのだから。

とはいえ、「ベルドンヌ」という言葉を目にすると、ベッドから白い峰々をじっと見つめるバルトのすがたが浮かんできて、もの悲しい気分になってくる。音楽のよろこびの記憶と、生のもたらす静かな悲しみとが混じりあって、「ベルドンヌ」という山名のまわりを漂っているように感じられる。


「シャルトルーズ」、「ヴェルコール」、「タイユフェール」、「ベルドンヌ」。

グルノーブルの町を取りかこむ四つの山塊の名は、いずれも美しい音の響きをもち、さまざまな言葉の記憶をまとって、それゆえに揺らいでやまない感情をもたらす。その山名に思いをはせる者に、喜びや苦しみや沈黙や悲しみをそっと差しだしてくれる。それが土地の名前、固有名詞のもつ不思議な力なのだろう。

バルトは、自伝的なエッセー『ロラン・バルトによるロラン・バルト』のなかで、固有名詞について次のように書いていた。

「固有名詞と愛の関係をもつ、ということがありうるだろうか。」

固有名詞に魅力や欲望を感じることなく文学作品を読むことなどできない、とバルトは思うのだった。

「名前とは、声のように、匂いのように、悩ましさの行きつくところなのだろう。つまり、欲望と死であり、『さまざまな事物から残された最後のため息』なのである。」

名前には、悩ましさ、欲望と死、ため息がひそんでいる。だからこそ、えもいわれぬ力をもって人を魅きつけ、考えこませるのだろう。

故郷の山に帰るスタンダール

フランス南部の山間部にある町グルノーブルでスタンダールは生まれ育った。この美しい故郷を彼はずっと忌み嫌っていた。五十三歳のときに書いた自伝『アンリ・ブリュラールの生涯』には、グルノーブルへの呪詛ともいえる言葉があふれている。「『嫌悪感』という言葉では良く言いすぎだ、『吐き気がする』のだ」とまで言っている。

十六歳になると、逃げ出すようにグルノーブルを離れてパリへ向かった。そして半年後には、ナポレオンのイタリア遠征軍に入隊する。スイスの町々を通って、国境の大サン＝ベルナール峠を越え、イタリアに入った。そのときイタリアに魅了されて、人生の四分の一をイタリアですごすことになる。とりわけミラノを愛し、墓碑銘には「ミラノの人、アリゴ・ベーレ（スタンダールの本名「アンリ・ベール」のイタリア語表記）」と刻むことを望んだ。五十九歳のときにパリで亡くなり、願っていたとおりにモンマルトル墓地に「ミラノの人」として葬られた。

スタンダールはイタリアをこよなく愛し、パリの知的な空気も好んでいたが、故郷のグルノーブルだけは生涯にわたって嫌っていた、と一般に考えられているようである。ほんとうにそうだろうか。若い時期に故郷をうとましく思うことはよくあるが、年齢をかさねるにつれ、故郷と和解してゆくのではないだろうか。故郷を嫌悪しつづけることは、自分自身を否定するようなものではないのか。生涯そんなふうに生きたとしたら、それは悲しいことにちがいない。

スタンダールの書いたものを読んでいると、故郷をただ嫌っていたのではないと思われる言葉がときおり目に入ってくる。たとえば十六歳でパリに着いたときの印象として「パリの周辺はひどく醜く思われた」とか、「『パリは』とても深い嫌悪感をいだかせるので、それは郷愁の気持ちにまでなった」と、否定的なことをしばしば書いている。パリよりもグルノーブルのほうがいいと思ったこともあったようである。

十八歳で北イタリアに駐屯していたときには、あたりの町々にあまりなじめなかったのか、病気がちでよく熱を出していた。医師から「ホームシックと鬱病」と診断され、休暇をとってグルノーブルに帰り、しばらくのあいだ静かに過ごして回復することができた。故郷をそれほど嫌っていた人間が、ホームシックになって療養のために故郷へ帰る、というのは理解しがたいことのように思われる。

ローマの西北にある港町チヴィタヴェッキアで領事をつとめていたときには、心から退屈しきっていた。チヴィタヴェッキアだけでなく、ローマにもうんざりしていた。「なんということだ、チヴィタヴェッキアで老いてゆくのか。ローマでだってそうだ」。

スタンダールは、イタリア南部もあまり好きではなかったようである。

こうした文章を読むと、スタンダールが手ばなしでイタリアを愛していたわけではないとわかる。グルノーブルよりもパリのほうが好きだったという見かたにも疑問がわく。スタンダールと、故郷グルノーブルとの関係、イタリアやパリとの関係は、一般に考えられているよりもはるかに複雑だったのではないか。

スタンダールがずっとグルノーブルを悪しざまに言っていたのは、父シェリュバンと叔母セラフィーの嫌な思い出にみちた町だからであった。

幼いころのアンリ・ベールは、母アンリエットが大好きだった。エディプス・コンプレックスそのままに、父親に嫉妬し、父親を嫌った。七歳のときに母がお産で死ぬと、それは父のせいだと思った。父親のほうは息子を愛していたが、厳しくしつけることが息子のためだと考えて、お説教ばかりしていた。息子は、自分は愛されていないと思いこみ、父をいっそう嫌った。母の妹のセラフィーは、父親よりももっと口うるさくて、アンリのすることすべてに口を出し、支配しようとした。アンリが十四歳のときにセラフィーは病死する。アンリは「ひざまずいて、この大いなる解放を神に感謝した」と自伝のなかで書いたほどである。

叔母が死んでも、父への嫌悪は続いていたので、アンリは早くグルノーブルを出て、パリに行きたかった。「グルノーブルを深く嫌っていたからこそ、パリが好きになったのだ」と、のちに書いている。

パリへ出発する日、馬車が来るのを待ちながら、父は十六歳の息子との別れを悲しんで涙をうかべていた。息子のほうはその涙を偽善的だと感じ、父のすがたを醜いとさえ思った。父を理解しないまま、息子はグルノーブルを離れていった。

パリに着いてみて、アンリは失望する。「パリの周辺がひどく醜く思われた」のである。それは「山がまったくない」からだった。「この嫌悪感は、日がたつにつれて急速に増大していった」。パリで山の景色が見えないことにどれほど失望したか、いくどとなく自伝のなかで語っている。

「山のないことが、わたしの目にはパリの魅力を失墜させた。」

「これが、あれほど夢見ていたパリなのか。山と森がないことに胸が締めつけられるほど悲しくなった。」

スタンダールは、高い山々に囲まれているグルノーブル、町のどこからでも山と森の見えるグルノーブルを思って、郷愁にかられたにちがいない。

パリの庭園でよく見かける、刈りこまれた植木までもが気に入らなかった。

「庭のすみに、ひどく刈りこまれた不幸な菩提樹の木が数本あった。これらの木は、わたしがパリでもった最初の友だちだった。わたしは木々の運命に同情した。こんなに刈りこまれてしまうなんて。わたしはクレの美しい菩提樹とくらべた。クレの菩提樹は山のなかで幸せに生きているというのに。」

クレは、グルノーブルの南一〇キロメートルほどに位置する村である。ヴェルコール山塊の東斜面にあり、人家は標高二〇〇メートルから九〇〇メートルのところまで、ゆったりと広がっている。

このクレ村のかなり高いところに、アンリの父シェリュバンは別荘をもっていた。広い畑もあって、シェリュバンは畑仕事に夢中になり、週に何度も通っていった。毎週、アンリをクレに連れて行くのだが、グルノーブルから数時間かけて歩いてゆき、そのあいだずっと農業のおもしろさや自然の美しさの話をして、アンリを辟易させた。少年はうんざりしつつも、そのときの経験をたいせつな思い出として胸にしまっていたのだろう。パリのかわいそうな菩提樹を見たとき、クレの幸せな菩提樹のことを思い出して、あのクレに帰りたいと思ったのだった。

「わたしは、できればあの山の中にもどりたかったのだろうか。そうだ、という気がする。父に会わなくてもすむのだとしたら。」

ふとわいたグルノーブルへの郷愁も、父への嫌悪感によって押さえこまれてしまった。内心では息子はつねに父を求めていたのだろう。口実を見つけてはグルノーブルへ帰っていたのだから。イタリアで病気になったときも療養に帰った。父にお金の無心をするために帰ることもよくあったが、愛情をためしていたのかもしれない。

一八〇六年の初夏に帰省したとき、二十三歳のアンリは日記にこう書いている。

「父がわたしに親しく近寄ってきたので、わたしはそのことがうれしかった。父がもっと率直になってくれれば、わたしたちは一緒に暮らすことができるだろうに。」

こう思ったにもかかわらず、その後も父への嫌悪感を書きつづけた。一八一九年、アンリがスタンダールという筆名で仕事を始めたばかりのころ、父は亡くなった。息子は日記にも手紙にも悲しみの言葉を書きしるすことはなかった。三十六歳になってもまだ父親を嫌い、死を悼みもしなかった、と一般には考えられているようである。息子の心とはそれほど単純なものだろうか。


一八〇〇年の春、十七歳のアンリはパリで鬱々としていた。山のないパリを出て行きたかった。五月になるとナポレオン軍に入り、イタリアへ遠征することになった。スイスを通過していたとき、美しい山々の風景を目にして幸福感につつまれた。自分には自然の景色が必要なのだとようやく気づいたのだ。のちに自伝に書いている。

「わたしは、自分でもわからないが、風景美にとても敏感になっていた。父と叔母セラフィーがいかにも偽善者らしく自然の美しさをほめそやしていたので、わたしは自然など大嫌いだと思っていたのだが。」

大サン＝ベルナール峠を越えるとき、アンリの幸福感はいっそう大きくなった。スイスとイタリアの国境に立ちはだかるこの峠は標高二五〇〇メートル近くもある。古代から重要な交通の要所であったが、たいへん危険で恐ろしい難所でもあった。一九六四年にトンネルが開通するまで、峠越えで遭難する人も多く、その人たちを救助したのが峠のホスピス（修道院付属の宿泊所）で育成されていたサン＝ベルナール犬（セント・バーナード犬）であった。救助犬の歴史のなかでもっとも有名な「バリー号」は、生涯で四〇人以上を救ったと言われている。

バリー号が生まれた一八〇〇年に、ちょうどナポレオン軍の四万人が峠を越えるために修道院で宿泊をした。その四万人のなかにアンリもいた。アンリは馬に乗って大サン＝ベルナール峠を通過しながら、危険な山道を恐ろしいと思いつつも、なんとなく胸おどる気分になっていた。

「雪に覆われてそそり立つあの山々、早く流れてゆく大きな灰色の雲にたえず陰らされながらも尖峰を雲にとどかせてそそり立っているあの山々」をどのように描写すべきかと考えたりした。そして峠を越え終わったときには、自分の運命にたいする呪いが消え去ったと感じた。七歳で母を失ってからずっと不運であったが、ようやく「運命に満足する」気持ちになった、と自伝に書いている。

峠を下りながら、アンリは幸福感でいっぱいだった。いくつもの村々を通過し、イヴレアの町に入ったとき、喜びはいっそう大きくなった。遠くに山々をのぞむこの町の美しさに感動した。夜には、町の劇場でチマローザのオペラを観て、また感動した。

「わたしの人生は新たになった。パリでのあらゆる失望は永久に葬られた。どこに幸福があるのか、はっきりとわかったばかりだった。幸福があると長いあいだ信じていたパリで幸福を見つけられなかったことが、わたしの大きな不幸にちがいなかったと今は思われるのである。」

一〇日後にミラノに入ったとき、アンリの幸福感は頂点に達した。

「ある春の心地よい朝、ミラノに入ったら、なんという春だろうか。なんという土地だろうか。」

「この町は、わたしにとって地上でもっとも美しい場所となった。」

ミラノには、アンリが愛するものすべてがあった。美しい建築やオペラや絵画。このうえなく愛した女性たちに出会ったのもミラノであった。ミラノですごした数か月間を「人生でもっとも美しい時期だった」と、のちに語っている。

その後、ミラノを離れて、北イタリアの各地に駐屯することになる。ブレシア、ベルガモ、ロマネンゴなど、いずれも美しい町だった。とりわけベルガモは、当時の日記に「ベルガモ地方は、ほんとうに今まで見たなかでもっとも美しいところだ」と書いたほどだった。にもかかわらず、なじむことができなかったのだろうか。時間をつくってはたえずミラノをおとずれていた。

一〇年後のイタリア一周旅行のときも、ミラノにはずいぶん長く滞在するのだが、フィレンツェやナポリやローマは駆け足でまわっただけだった。この旅行のあいだに『イタリア絵画史』の著作を着想したのだから、フィレンツェやローマでは大いに絵画を見て楽しんだはずなのであるが。

この旅行の手記として、のちに『イタリア紀行』(一八一七年)と『イタリア旅日記』(一八二七年)を出版することになる。どちらも原題は『ローマ、ナポリ、フィレンツェ』であるにもかかわらず、これらの都市については、ミラノほど大きな愛情をもって語ることはなかった。とりわけ『イタリア旅日記』では、原題に記されてもいないミラノについて三割ちかくのページが費やされていることに驚かされる。

ローマについては、『ローマ散歩』全二巻を出版したものの、やはり好きにはなれなかったようである。ローマの西北の港町チヴィタヴェッキアに領事として駐在していたときには、文化がなく貧しいチヴィタヴェッキアに退屈しきっていた。

「この孤独な海岸で、こんなふうに生き、死なねばならないのだろうか」(知人への手紙、一八三四年一〇月二八日付)。

チヴィタヴェッキアだけでなく、大都市ローマについても「太陽はもうたっぷり見た」とうんざりしていた。光の強すぎる、陰影のない風景に疲れたのだろうか。一か月ほどローマに滞在したあと、ようやくローマを離れて街道を歩いていたときに、つぶやいている。

「やっとローマを離れる。○○の魅力的な谷間。[……]ボローニャとわが愛するロンバルディアを出て以来はじめて目にする最初の美しい風景だ」(『イタリア紀行』)。ボローニャとロンバルディア、とスタンダールは書いているが、彼にとってはボローニャはロンバルディアの一部のようなものだったとも言える。

「ボローニャは北に向いた丘を背にしており、それはベルガモが南に向いた丘を背にしているのとおなじである。これらの丘のあいだに、ロンバルディアのすばらしい谷間が広がっている」(『イタリア紀行』)。

現在のロンバルディア州は、行政的にはアルプスの山々とその丘陵と平野とから成っているが、スタンダールの認識としては、アルプス山脈とアペニン山脈のあいだにある、谷間のような、しかし広大な平野がロンバルディアだったようである。ベルガモはロンバルディア平野の北東端に、ボローニャは南東端に位置していると感じていたのだろう。その「わが愛するロンバルディア」の北寄り中央に位置するのがミラノであった。

ミラノで一〇年ほど暮らした須賀敦子は、『コルシア書店の仲間たち』のなかで、ミラノについて次のように書いている。

「ミラノからアルプスの山々が望めることに、旅行者は気づかないかもしれない。」須賀敦子がミラノに来て、最初に泊めてもらったモッツァーティ家の八階のテラスからは「北東の方向に、雪山の連なりが見えることがあった」という。モッツァーティ夫人はそのながめをすこし不満に思って、「むかしは、もっともっと見えた、コモ湖のむこうの、鋸山のようなレゼゴーネまで」と言っていたそうだ。

「レゼゴーネ」という山名は、どこかで見たことがある、と思った。そうだ、スタンダールが『イタリア旅日記』のなかで書いていたのだ。

一八一六年一一月にスタンダールはミラノの城壁の上をセディオラで走りまわった。当時は城壁が町を取りかこみ、その上を、すなわち町よりも一〇メートルも高いところを通行することができた。セディオラとは一頭立ての馬車であり、スタンダールは城壁の上を馬車で一〇キロメートルも走って、遠くの景色を楽しんだのだ。

「アルプスの眺めは崇高だ。わたしがミラノで楽しんだ美しい情景のひとつである。レッコのレゼゴーネとモンテ・ローザの山を教えてもらった。肥沃な平野のむこうに見えるそれらの山々には、感動的でありながらも心をほっとさせる美しさがある。」

これが、モッツァーティ夫人が「むかし」見ていた眺望なのだろう。ミラノの人にとって、鋸刃のような形の「レゼゴーネ」を町から望むのは幸せなことなのだろう。ミラノは、ロンバルディア平野にあるとはいえ、この町から平野は傾斜しはじめてアルプスまで続いているので、ミラノはアルプスのふもとの町だという意識もあるようだ。

須賀敦子は言っている。

「[ミラノは]平野とも山とも深い関係にあることが、はっきりとわかる。」

ミラノ人は「平野人間と山岳人間の雑種」なのである、と。

スタンダールがミラノをとりわけ愛したのは、それゆえではないだろうか。ミラノは「峰々が雪におおわれたアルプス」を近しく見ることのできる町だったのである。グルノーブルのように。

スタンダールは城壁の上を馬車で走っていたときに「レゼゴーネとモンテ・ローザの山を」教えてもらい、「それらの山々」がいかに美しいかを語っている。まるでレゼゴーネとモンテ・ローザが近くにあるかのような書きぶりだが、そうではない。レゼゴーネはミラノの北東五〇キロメートルほどのところにあるが、モンテ・ローザのほうはその倍以上も遠く、方角は西北のほうである。山容もまったく異なっている。レゼゴーネは標高一八七五メートルの鋸山だが、モンテ・ローザは一一の高峰からなる山塊であり、最高峰は四六三四メートルもある。まったく異なる二つの山をスタンダールは同列に見るかのように語っているのだ。

レゼゴーネはミラノの人にとっては親しい山であり、城壁の上に立って遠くの景色をながめると、自然にレゼゴーネが目に入ってきたことだろう。それから九〇度ほど左のほうに目を向けてみる。すると遠くにモンテ・ローザと西アルプスの山々が見える。ミラノからモンテ・ローザまでは、東京から富士山までよりすこし遠いくらいなので、スタンダールの時代には澄んだ空にくっきりと見えたことだろう。

レゼゴーネのうしろにそびえているのはドイツ語圏の東アルプスの山々であるからスタンダールにはあまりなじみがなかったが、左手のほうには西アルプスがスイスからフランスのほうにのびているのでうれしくなったのではないか。だから「心をほっとさせる美しさがある」と感じたのだろう。その意味でスタンダールの心には、レゼゴーネとモンテ・ローザがおなじ距離にあるように見えたのかもしれない。

そのあと彼はモンテ・ローザからさらに左のほうへと目を移しただろうか。その方角には、十七歳のアンリが幸福感とともに越えた大サン゠ベルナール峠がある。ミラノから一六〇キロメートル以上も離れているので、見るのは難しかったかもしれない。もっと左の方角にはグルノーブルがあるが、そのあいだには標高三〇〇〇メートル以上のヴァノワーズ山塊がそびえているので、とうてい見えるはずもない。とはいえ、スタンダールは、グルノーブルはあの先にあるのだ、とすこしは思っただろうか。いや、若くて、ミラノに夢中になっていた彼は、グルノーブルのことなど考えなかったかもしれない。だが町から西アルプスの白い峰々が見えることに心からほっとしたことは確かであるし、それゆえミラノへの愛も深まったのではないだろうか。

スタンダールは売れない作家だった。書いても書いても売れなかった。

三十二歳で出した最初の著作『ハイドン伝』は、自費出版で一〇〇〇部だけの印刷だった。二年後に出した『イタリア絵画史』もやはり自費出版で一〇〇〇部、おなじ年に出した『イタリア紀行』も自費出版で五〇四部だった。売れないだけでなく、きびしい批判を受けた。

三十九歳になってようやく、自費出版ではない本『恋愛論』を一〇〇〇部出すことができた。『恋愛論』というタイトルなら売れるだろうと出版社は期待したのだろうか。ところが文学界にはまったく無視され、批判すらされなかった。出版してからの二年間で四〇冊しか売れなかったとも言われている。出版社の倉庫で場所をとって困るので船のバラストに使った、とスタンダール自身が冗談を言ったほどである。その後も、『イタリア紀行』を書き直して刊行したり、収入を得るために『ローマ散歩』を出したりしたが、いずれも一二〇〇部ほどしか印刷されなかった。

一八三〇年一月に、スタンダールは実際に起こった事件を題材にして、小説『ジュリアン』を書きはじめた。九〇〇ページちかくもある長編小説をわずか数か月間で書き終える。その年の十一月に、小説は『赤と黒』というタイトルで、二巻本の七五〇部が出版された。現在では人気の高いこの小説も、当時はやはり黙殺されるか批判されただけであった。

自分の書く本が売れず、理解もされないことについて、スタンダールは情けなく思っていたのだろうか。いや、心ある人が読んでくれればそれでいい、と考えていたように見える。自費出版で『イタリア絵画史』全二巻を出したときには、第二巻のとびらに「To the happy few」と記していた。この「少数の幸いなる人に」という言葉は、イギリスの作家ゴールドスミスが、一七六六年に出した小説『ウェイクフィールドの牧師』のなかで用いた表現である。

この小説の主人公は牧師であり、田舎で平和に暮らしていた。牧師としてのわずかな収入はめぐまれない人たちに分けあたえ、教区民の幸せを願って、日々つとめていた。結婚による幸福を説きつづけ、それを本にして出版もした。牧師は言う。

「このテーマについて、自分でいくつかの小冊子を出版した。まったく売れなかったが、『少数の幸いなる人』に読まれていると思うだけで、心なぐさめられる」。

スタンダールはこの『ウェイクフィールドの牧師』を愛読していた。自分の本も少数の心ある人たちに読んでもらえればいい、と思っていたのではないか。だから『イタリア絵画史』の第二巻のとびらに「少数の幸いなる人に」と記したのであろう。『ローマ散歩』でも、本文の「付録」の最後におなじ言葉を記していた。さらには『赤と黒』でも、巻末の「目次」のすぐ下にそう記したのである。

『赤と黒』は、「少数の幸いなる人」からの好意的な言葉を得ることはできなかった。それればかりか、きびしい批判をうけた。ジュリアン・ソレルという主人公は、文学の節度をこえたおぞましい存在であるという批判があいついだ。『赤と黒』はまったく評価されないばかりか、嫌悪すらされたのである。

『赤と黒』を出版した直後から、スタンダールは領事としてチヴィタヴェッキアに赴任していた。退屈きわまるチヴィタヴェッキアの町で、自分自身について考えたのかもしれない。熱意をこめて書いた『赤と黒』が「少数の幸いなる人」さえ見出せないことをどう考えればよいのか、と。

それから一年あまりが過ぎたとき、スタンダールはチヴィタヴェッキアを逃げ出してローマで自伝的エッセー『エゴチスムの回想』を書きはじめた。最近の一〇年間のことだけを語る、という少しふうがわりな自伝作品であった。その一〇年間とは、ミラノを離れてパリにもどり、『恋愛論』や『イタリア旅日記』、『ローマ散歩』、『赤と黒』を出版した時期であり、作家スタンダールにとっては重要な時代であった。作家としての自分について考えようとしたのであろう。自伝のなかで問いつづけている。

「わたしは、どのような人間なのか。」

「わたしには、すぐれた才能はあるのだろうか。じつはまったくわからないのだ。」「わたしは自分自身をまったく知らない。［……］わたしは良い人間だろうか、厄介な人間だろうか、才気があるだろうか、愚鈍だろうか。」

このように繰りかえしながらも、同時に「少数の幸いなる人」への思いによって自分の執筆が支えられていると書くことも忘れなかった。

「いつの日か、この原稿が印刷されて、誰かわたしの好きな人に読んでもらえるだろうという思いがなければ、書く気力などなくなるであろう。」

この自伝は二週間ほどで中断されてしまった。理由はわからないが、たった一〇年間のことを書いても自分を知ることはできないと思ったのではないだろうか。

三年あまりがすぎた。五十二歳になったスタンダールは、ふたたび自伝的作品を書きはじめた。本名のアンリ・ベールをすこし変えて使用し、『アンリ・ブリュラールの生涯』というタイトルをつけた。この自伝でも、『エゴチスムの回想』とおなじように自分自身について問いつづけたのである。

「今こそ、自分について知るべきときであろう。わたしは何であったのか、わたしは何であるのか。じつを言うと、それを言うのはかなり途方にくれるのであるが。」

「わたしは才気ある人だったのか。わたしは何かについて才能をもっていたのか。」

「自分の生涯について書くべきだろう。二、三年後に書き終えたとき、おそらくやっと、わたしが何であったのかわかるだろう。陽気か陰気か、才気ある人か愚かな人か。」

少数の読者への思いも記している。

「もしうまく書けたなら、わたしの好きな人たちによって一九〇〇年に読まれるという幸運にかけるのだ。」

スタンダールにとっての「少数の幸いなる人」は、だんだんと遠ざかっていたのだろうか。『イタリア絵画史』から『赤と黒』までは、「幸いなる人」は今どこかにいるだろうという気持ちが感じられた。だが『エゴチスムの回想』では「いつの日か」となり、『アンリ・ブリュラールの生涯』では「一九〇〇年に」となっている。六十五年間も待たなければ現れないと思うようになったのだろうか。

スタンダールは、自分の本がよく売れることを期待していたのではなかった。バルザックやデュマやユゴーたちのように金銭と名誉を追い求めていたわけではなく、「うまく書く」ことと「わたしの好きな人」に読んでもらえることを望んでいただけである。

『エゴチスムの回想』では最近の一〇年間のことだけを書こうとしたが、『アンリ・ブリュラールの生涯』では「自分の生涯」をはじめから詳細に書くことにした。誕生のときからである。より正確には、スタンダールの記憶がはじまった三歳のときからである。長いあいだ嫌悪していたグルノーブルのことを真正面から書こうとする。

アンリが七歳のときに死んでしまった大好きな母のこと、アンリをいじめていた意地悪な叔母セラフィーのこと、息子にとてもきびしかった父のことなどを率直に書いた。思い出せるかぎり書いているうちに、何十年もの時間が過ぎたからこそ気づいたこともあった。父と自分はたがいに嫌い合っていると思っていたが、それほどでもなかったと少しわかってきたのである。

母が死んだあと、父は母の寝室を一〇年間閉ざして、誰も入れようとしなかった。召使いも入れなかった。アンリだけは部屋の鍵をわたされて、入ることを許された。四〇年がたち、息子はようやく父の繊細さと自分への思いやりに気づいたのだった。

夏休み中は、クレにある父親の別荘ですごさねばならず、アンリはそれがいやだった。父には反抗的だったが、クレの家では好きなように読書にふけることができた。父親の本棚から本を抜き出しては読んでいた。『ドン・キホーテ』、ヴォルテール、モリエール。嫌っていた父の家で、アンリは文学の好みと素養を培ったのである。

クレの本棚のいちばん上にルソーの小説『新エロイーズ』が置かれているのを見つけた。アンリは自分の部屋に持ち帰ってこっそり読み、「言いつくせない幸福感と喜びに興奮」した。『新エロイーズ』といえば、山の風景を賛美して、スイス山岳地方への観光ブームをつくった小説である。子どものアンリは、自然美をほめそやす父や叔母への反感から、『新エロイーズ』の自然描写の箇所はとばして読んでいたという。

十七歳でナポレオン遠征軍に入り、スイスを通ってイタリアへ向かったとき、アンリは自分が山々の美しさに感動していることに気がついた。大サン゠ベルナール峠を越えながら、ルソーの本のことを思い出した。このとき、アンリのなかで山と文学とが結びついたのかもしれない。

そのころは父親は健在だったので、アンリはグルノーブルを心から遠ざけていた。山の感動をグルノーブルに帰することはなく、すぐあとに訪れたイヴレアやミラノの町を愛するようになった。イタリアのこれらの町でも、子どものときに親しんだアルプスの白い峰々が見えることを当時のアンリは意識していなかったのだろうか。

はっきりと意識するようになったのは、おそらく『アンリ・ブリュラールの生涯』を書いているときだったのではないか。すこしずつ、父親の愛や、グルノーブルへの愛に気づいたのだろう。子どものときに受けた印象と、五十歳を過ぎてから気づいたこととの大きな隔たりに、途方にくれてしまったのかもしれない。

「当時、どうであったかをわたしは言いたくない。どうであったのか、そのことについて、一八三六年になってはじめて発見したことがあるのだ」。

こう書いたあと、まもなく自伝を中断してしまった。

そんなころ、フランスを一周する旅行記を書かないかという原稿依頼があった。スタンダールは引き受けた。生活のための「お金を得るため」であったが、取材旅行でグルノーブルに滞在できることへの期待もあったのだろう。

グルノーブルの町へは、南仏からまっすぐ北上するのではなく、ヴェルコール山塊の西側からぐるっとまわって入ることにした。町の西北数十キロメートルのところで、山間にあるテュラン村にむかって坂を下っていたとき、眼前に「この世でもっとも美しいながめのひとつ」が広がっているのを見て、スタンダールは呆然となった。イゼール川がうねうねと、地平線の果てまで、グルノーブルの町まで伸びていた。

「おそらくフランスが誇りうるであろう、もっともすばらしい平野である。その上にアルプス山脈があり、花崗岩の尖峰が万年雪の上に赤黒いすがたをくっきりと見せている。あまりにも急峻な岩壁には雪がつかないものだ。前方にはグラン・ソム山とシャルトルーズの美しい山々、左手には大胆な形をした森林の丘がある。」

「あの崇高なロンバルディアをかけまわったときでさえ、これほどみごとな景色は見たことがなかった」(『ある旅行者の手記』)。

愛するロンバルディアの風景よりも、グルノーブル周辺の景色のほうを賛美しているのである。

グルノーブルに着いてからも、スタンダールは町を称賛する言葉をくりかえす。「マロニエの並ぶすばらしい散歩道が見える」、「グルノーブルの人は才気がある」、「すばらしい土地だ」、「大いに異なる美しいものがたくさんあるので、夢中になって見つめていると疲労困憊してしまう」、「グルノーブルで好きなのは、大きな村ではなく都市らしい外観をもっていることだ」、など。

グルノーブルに一か月ちかくも滞在し、ついに去るときにはこう書いている。

「これを最後と見るこの美しい土地から離れられずに、わたしは何度も立ち止まった。イゼール川と谷奥が見えなくなると、こんどはあのタイユフェール山とアルプスの高い山脈全体が正面に迫ってくるかのようである。［……］長いあいだ足を止めたあと、わたしはこの美しいイゼールの谷に別れを告げた。」

スタンダールは、グルノーブルを離れることを悲しんでいる。その二年前に書いた『アンリ・ブリュラールの生涯』では町を嫌悪する言葉を書きつらねていたにもかかわらず。なんという違いだろうか。やはり、自伝を書きながら「はじめて発見したこと」による心境の変化が大きかったのではないか。

この旅でグルノーブルに着くと、スタンダールは真っ先にバスチーユの丘に上っている。子どものころに仲のいい友だちとよく登っていたバスチーユである。丘からは正面にタイユフェール山塊が見えるので、ふたりで山々を眺めていたものだ。自伝のなかで思い出して書いている。

「そこからはすばらしい景色が楽しめて、とくにエバンスのほう「タイユフェールのほう」を見ると、うしろにアルプスのもっとも高い峰々がそびえており、わたしたちの精神を高揚させるのだった。」

「精神を高揚させる」とは、子どもだったアンリたちに未来への希望をかきたてたということだろうか。昔からタイユフェール山はアンリたちを力づけていたのである。

十六歳でグルノーブルを出たあとも、アンリはタイユフェールの山をしばしば思い出した。パリで山が見えないことに失望すると、故郷の山を思いうかべた。大サン＝ベルナール峠を越えてイタリアに入ったときも、美しい山々を見て、タイユフェールのことを思った。だがそのときは、これからはイタリアで幸福に生きるのだと考えて、タイユフェールのことは忘れようとした。

それから長い年月がすぎ、グルノーブルにもどった五十四歳のスタンダールは、真っ先にバスチーユの丘からタイユフェール山を見ようとした。

タイユフェール山塊は大きくない。長大なベルドンヌ山脈やヴェルコール山塊にくらべると、丘の正面に、まるで独立峰のようにぽつんと、しかし二九〇〇メートルちかい高さでそびえている。

「タイユフェールの巨大な尖峰のほぼ正面にわたしはいるのだ。」

ひとり静かに山を見つめていると、自分自身について考えてしまうものである。スタンダールはタイユフェールの孤高のすがたを見て、自分に重ね合わせたのかもしれない。パリの文学界のグループからは孤立して、本は無視されたり批判されたりしているが、誇り高く立っていればよいのだ。『赤と黒』はまだ「少数の幸いなる人」を見出せないが、自分の信じるものを書いてゆけばよいのだ、と。

グルノーブルを発ったあともスタンダールは旅行をつづけた。旅のあいだに、フランスをめぐる『ある旅行者の手記』を出版し、その一か月後にパリにもどった。

それから数週間ほどで、小説『パルムの僧院』を着想し、十一月はじめに着手して、年末までに完成する。驚くべき情熱である。翌一八三九年四月はじめに、『パルムの僧院』は一二〇〇部の印刷で出版された。

『パルムの僧院』の本のなかでも、「少数の幸いなる人に」という言葉は記されている。これまで三つの作品のなかでも書かれていたが、いつもごくひかえめにであった。『イタリア絵画論』では、第二巻のとびらに記されたので、巻の組みかたが変わったときに消えてしまった。『ローマ散歩』では、第二巻の付録のあとに置かれたので、気づく人は少なかった。『赤と黒』では、目次のあとに記されたので、やはり目につかなかった。三度の「少数の幸いなる人に」は小さなつぶやきのように書かれたのだった。

『パルムの僧院』では違った。本文の最後に、「終わり」の語の直前に、本文とほとんどおなじ大きさの文字で、宣言するかのように堂々と書かれたのである。小説を最後まで読めばかならず目に入ってくるので、読者は自分が「幸いなる人」だと言われて考えこむのではないだろうか。

出版から二か月あまりして、スタンダールは任地のチヴィタヴェッキアにもどった。『パルムの僧院』は、やはりあまり人に読まれることがなく、好意的な書評をする人もいなかった。「少数の幸いなる人」はずっと現れないままだった。

それから一年半もたった一八四〇年九月末のことである。突然、バルザックが書評を発表したのだ。「ベール氏についての研究」と題する七〇ページの長大な論考であった。バルザックは『パルムの僧院』のことを「傑作」「すばらしい」と絶賛し、すこし手直しすれば「完璧さ」と「完全無欠な美」をもつ作品になるだろうと述べた。

スタンダールは感激した。バルザックに手紙を送ろうとして、なんども書き直した。そのうち三通の草稿が残されている。実際にはどのような手紙がバルザックに送られたかはわからないが、残された三つの草稿のうちの二つにはつぎのように書かれていた。

「あなたは街頭に捨てられた孤児を憐れんでくださいました。わたしは一八八〇年より以前に読まれることはないと思っておりました。」

スタンダールのそれまでの失意と突然の喜びとがよくわかる。彼の気持ちを思うと、うれしくなる。一八八〇年より四〇年も早く、「幸いなる人」はすがたを見せたのだ。

小説『パルムの僧院』は、ミラノの貴族、ファブリス・デル・ドンゴの波乱にみちた生涯の物語である。

ファブリスは、コモ湖畔のグリアンタの城館で育ち、父親のデル・ドンゴ侯爵を嫌っていた。彼はじつは、あるフランス人将校の子だったのだが、そのことを知らずに故郷グリアンタで育ち、司祭のブラネス師を父のように慕っていた。ナポレオンに心酔し、ワーテルローの戦場に行ったが重傷を負ってしまう。その後、ささいなことで人を殺して逮捕され、パルマ城塞のファルネーゼ塔に幽閉される。そのときに城塞司令長官の娘クレリアと出会い、愛し合うようになる。ファブリスはクレリアの協力で脱獄するが、クレリアはそのときに父親を死の危険にさらしてしまったことで自分を責め、父親の勧めるクレセンチ侯爵との結婚を決める。結婚後もファブリスとクレリアは愛しつづけ、不義の息子サンドリーヌが生まれる。ファブリスは、サンドリーヌがクレセンチ侯爵のもとで養育されることに耐えられなくなり、子どもを誘拐するが、数か月後に病気で死なせてしまう。クレリアは愛する息子のあとを追うように死ぬ。絶望したファブリスはパルマのシャルトルーズ修道院に入り、一年後に死んだのだった。

この物語においては、話のあらすじよりもむしろ細部の点で、主人公ファブリスと作者スタンダールが似通っているように思われる。

まず、子供のころから父親を嫌っていたこと。老いたブラネス師を父のように慕っていたこと（スタンダールは母方の祖父が大好きで、ほんとうの父であればいいのにと思っていた）。ナポレオンに心酔していたこと。愛のためには命も捨てかねない情熱的な人間だったこと。そして、アルプスの眺めを愛していたこと、など。

『パルムの僧院』の冒頭はこのように始まる。

「一七九六年五月一五日、ボナパルト将軍は、あの若き軍隊の先頭に立って、ミラノに入城した。」

スタンダールは、一八〇〇年に自分がミラノに入ったときの幸福感をかさねながら、この冒頭を書いたのだろう。ナポレオン軍とともにイタリアに入ったときにアンリの人生が新しくなったように、一七九六年にナポレオン軍がミラノに入ったときにファブリスの生が宿されたのである。

ところがバルザックは『パルムの僧院』の書評のなかで、冒頭のミラノ入城の描写は不要であり、ワーテルローの場面から始めたほうがいいと助言した。スタンダールにとってはミラノ入城の幸福はどうしても書きたいことだったので、削除できなかった。

父を嫌悪していたアンリが十六歳で家を出てパリへ行ったように、ファブリスもまた十六歳で家を出てパリに向かった。一八一五年にナポレオンが敗北したあと、アンリがしばらくのあいだグルノーブルに帰っていたように、ファブリスもまた故郷グリアンタにもどった。一八二一年五月にナポレオンが死ぬと、六月にスタンダールはミラノを発ってフランスに帰国しており、ファブリスは留学先のナポリからパルマに帰っている。ナポレオンの死によって、ふたりは人生の新たな段階に入ったのである。

そのあとファブリスは、ブラネス師に会いに故郷グリアンタにもどる。父親のことなど考えていなかったが、父が重病だと聞いて、父の城館がよく見える鐘楼に行った。

「けっして自分を愛することのなかった厳格な人の部屋の窓をじっと見ていると、目に涙があふれてきた。」

そのとき、部屋の横のテラスを父が歩いているように見えてはっとする。見まちがいであった。ファブリスは、ほんとうは父に会いたかったのだ。だから「子ども時代の思い出すべてが心に押し寄せて」、涙したのだった。それからしばらく経って、父の死を知らされる。

「ファブリスはひどく泣いた。それから思った。『わたしは偽善者なのだろうか。父を愛してなどいないはずだったのに』。」

スタンダールは父親が亡くなったとき、悼む言葉をひとことも発せず、父親の死を悲しみもしなかった、と一般に言われている。表面的には無関心をよそおいながらも、ひとりで涙を流したのではないだろうか。ファブリスのように。

バルザックは書評のなかで、ブラネス師という人物がいなくても作品に影響はないだろうとも書いた。スタンダールは長いあいだ熟考したあと、「ブラネス師は必要」とメモしている。父にたいする気持ちを語るには、ブラネス師の存在は欠かせなかった。不要に見える細部にこそ、スタンダールの真意が息づいていたのである。

『パルムの僧院』には、アルプスの峰々を愛するファブリスの思いがいくどとなく描かれている。たとえば二十三歳のときにブラネス師に会うためにグリアンタにもどったとき、アルプスをながめて、黎明の山の美しさに感嘆のため息をついている。

その翌年、殺人罪でとらえられたファブリスは、パルマのファルネーゼ塔に幽閉された。監房は三階にあり、そこからの眺望はすばらしかった。

「その日は月が出ており、ファブリスが監房に入ったとき、右の地平線、つまりトレヴィーゾのほうのアルプス山脈の上に、月がおごそかに上っていた。夜の八時半だった。反対側の地平線、つまり西のほうには、モンヴィーゾ山と、ニースからモン・スニやトリノへ伸びるアルプスの峰々の輪郭が、たそがれの橙色の輝きのもと、くっきりと描き出されていた。ファブリスは自分の不幸のことなどあまり考えずに、その崇高な光景に感動して、うっとりとなった。」

「ファブリスは、トレヴィーゾからモンヴィーソにいたる巨大な地平線や、とても長く伸びたアルプス山脈、雪におおわれた峰々、星などをながめた。」

このように眺望が描かれているのだが、これは現実にはありえない景色であった。ヴェネツィア北部のトレヴィーゾの方角にある東アルプスは、パルマから二〇〇キロメートルも離れている。三〇〇〇メートルをこす山もあるので、もしかしたら月の光を受けてかろうじて見えたかもしれない。だがモンヴィーゾ山のほうはパルマから二五〇キロメートル以上も離れているので、見ることはできなかっただろう。「ニースからモン・スニやトリノへ伸びるアルプスの峰々」はいっそう遠いので、なおさら見えなかったはずである。

これらの山々が見えたとすれば、パルマではなく、むしろミラノからであろう。ここに描かれている眺望は、パルマにいるファブリスではなく、ミラノにいたときのスタンダールが見た記憶の風景だったのではないか。

ミラノから見れば、トリノは一二〇キロメートルあまり、モン・スニ山塊は一七〇キロメートル、モンヴィーゾ山は一八〇キロメートルほどの距離にある。十九世紀はじめの澄んだ空気のなかであれば、遠くに見えたのではないだろうか。それらの山々の向こう側は見えないが、位置的には、まさにベルドンヌ山脈やシャルトルーズ山塊がひかえている。そのふもとにはグルノーブルの町がある。

モンヴィーゾ山や西アルプスの峰々の「崇高な光景に感動」したのは、ファブリスではなく、かつてミラノで見たながめを思い出しているスタンダール自身だったのだろう。

ミラノにいたころのスタンダールは、フランス・アルプスをながめ、見えないグルノーブルのほうに目をこらして、もの思いにふけることもあったのではないか。

生涯のほとんどを、故郷グルノーブルと父親シェリュバンを嫌悪して生きたスタンダール。五十三歳のときに、自伝『アンリ・ブリュラール』を書くことによって、年月を経たからこそわかったこと、つまり「一八三六年になってはじめて発見したこと」があった。その結果、故郷と父親への思いに変化が生じたのだろう。

翌年にグルノーブルをおとずれたとき、父親の息子への愛や、自分自身の故郷への愛に気がついた。故郷の情景はずっと自分のなかにあって、つねに自分を支えてくれていたのだ、と。子どものときの記憶の遠景は、歳月とともに薄れていったのではなく、時間を経ることによって逆にくっきりと見えてきたのである。

子どものときに大好きだったタイユフェール山は、ほかの山々から離れて毅然と立つすがたを五十四歳のスタンダールにも見せてくれた。彼は「少数の幸いなる人」への気持ちに確信をもったのではないか。去りがたい気持ちでグルノーブルを離れながら、町が見えなくなってしまったとき、突然、目の前にタイユフェール山とアルプスの高い山脈全体が迫ってきた。彼ははっとして足を止めた。さまざまな感情がうずまいて、ため息をもらしたことであろう。

パリに帰ると、故郷への思いと自分の人生とを織りこんだ『パルムの僧院』に取りかかり、一気に書きあげた。そして出版から一年半がすぎたとき、バルザックという「少数の幸いなる人」が現れた。そのアドバイスに感謝しつつも、スタンダールは記憶の遠景を削除することはしなかった。

その二か月後に、スタンダールはパリの路上で倒れ、翌日に五十九歳で亡くなった。息を引きとるとき、彼の目には遠い故郷の山々が見えていただろうか。

山を生きる人たちの言葉

二〇年以上まえの冬に、はじめての雪山登山を思いたった。その年は、大学の研究休暇で一年間パリに滞在しており、夏にふらりとシャモニーをおとずれたときに、雪原を歩く楽しさをおしえてもらったのだ。町で偶然に知り合った日本人アルピニストふたりが親切にも「白い谷」の散策に連れていってくれたのである。

「白い谷」とは、標高三八四二メートルのミディ針峰の岩すそから数キロメートルにわたって広がる大雪原である。ミディ針峰の頂上ちかくまでロープウェイで行けるので、そこから尾根を数百メートル歩いて下りると、すぐに「白い谷」の雪原である。細くて急峻な尾根を下ってゆくのがすこし怖いが、標高三〇〇〇メートル以上のところに広がる雪原をロープウェイのおかげで気軽に歩くことができる。

そこは別世界だった。気温は氷点下だが、晴れると紫外線がとても強く、暑くなる。気圧が低いので、動きまわるとすぐに息がきれて苦しくなるが、からだじゅうで酸素を吸いこんでいるという実感が心地よい。地上とはまったく異なる空気のなかで、まわりにそびえる白い針峰群をながめながら歩きまわるのは言いようもなく気持ちがよくて、からだが澄んでゆくような感覚をあじわった。

雪原を歩く楽しさが忘れられずに、シャモニーの書店で雪山にかんする本を買いこみ、パリにもどってからも読みふけった。モンブラン山系でもっとも容易に雪山登山ができるのは「小ヴェルト峰」だということを知った。

小ヴェルト峰に登るには、車かバスでシャモニーの町はずれにあるロープウェイ乗り場へ行き、ゴンドラで標高三二九七メートルのグランモンテ頂上駅にあがる。そこから数十メートルほど鉄の階段を下りると、もう雪原に出るらしい。雪の急斜面と岩場を二時間ほど登れば、標高三五一二メートルの小ヴェルト峰の頂上に立つことができるという。『モンブラン山塊のやさしいルート』という本によると、凍った斜面と最後の岩場さえ注意すれば、初心者でも行けるとのことだった。

冬休みになった。わたしは勢いこんでシャモニーに向かった。町に着くとすぐに山岳ガイド組合の「山の家」に駆けこんで、受付カウンターへ行き、小ヴェルト峰に登りたいのでガイドを紹介してほしいのですが、とすこし緊張して言った。受付の女性は即座に、冬は無理です、と答えた。小ヴェルト峰へのガイド登山は夏しかやっていないのだという。そう言われて、ようやく気がついた。わたしは夏山と冬山の違いもわかっていなかったのだ。夏に「白い谷」に行ったとき、まわりの山々は雪と氷で真っ白につつまれ、ふかふかと雪が深く、スキーをしている人もいたから、三〇〇〇メートル以上の山では夏も冬もおなじようなものだろうと思っていた。冬になると気温がおそろしく下がり、雪や氷の量もはるかに多くなることがわかっていなかったのだ。小ヴェルト峰の登山がやさしいのは夏の話であり、冬には初心者にはむずかしくなるのである。

がっかりして受付カウンターを離れようとしたとき、奥の部屋から「いや、行けるよ」という声が響いてきた。そのひとことですべてが変わった。ひとりのガイドが奥から出てきて言った。「わたしが連れて行ってあげましょう」。その高山ガイド、クリストフと小ヴェルト峰に登ることに決まった。

シャモニーの町からグランモンテのロープウェイ乗り場まで、車で一五分ほどだった。本に書いてあったように、大きなゴンドラに乗ってグランモンテ峰の頂上駅にあがり、鉄の階段を下りて雪原に出た。一月なのでスキー客で混雑していた。にぎやかにスキーの準備をしている人たちのあいだを通りぬけ、人のいない真っ白な斜面に出た。ロープをからだに結びつけてもらって、クリストフの後ろから歩いて行った。雪原には踏み跡がずっとつづいていた。「この踏み跡から出てはいけませんよ。クレヴァスに落ちてしまいますから」。雪の下にクレヴァスが隠れているのだという。歩いていると、幅一メートルぐらいの割れ目があったので、思いきって飛びこえた。「この割れ目は、深さが二〇〇メートルぐらいあるクレヴァスです」とのことだった。

寒さは予想していたよりもずっと厳しかった。山の北側の急斜面を登ってゆくので、日が当たらず、風が吹きつけて、耐えがたいほど寒く感じられた。じゅうぶんに防寒はしてきたが、鼻と耳が痛くなり、唇が切れて血がにじんできた。厚い手袋をはめていたが、凍ったように冷たいピッケルを持っている手がしびれてくる。

なんとか雪の斜面を登りきって、尾根まで上がると、日がさしてきた。手足も暖かくなり、ほっとする。太陽に心から感謝した。まもなく、雪と氷の張りついた恐ろしげな岩壁があらわれた。わたしは気弱になり、「岩登りはやったことがないので、ここで引き返したいのですが……」と小さな声で言った。ガイドのクリストフは「やったことがないなら、よい経験になるから、やってみたらどうですか」などと言う。それなら、と思いきって登ってみた。意外とおもしろく登ることができたが、だんだんと難しくなって、どうしようもなく行きづまってしまった。

岩にしがみついて、「これ以上は登れそうにないので、ここで引き返します」と、ずっと上のほうにいるクリストフにむかって大声で言うと、上から声が聞こえてきた。「そこがいちばん難しいところで、そこさえ越えれば、あと五メートルで頂上ですよ」。そう言われると、無理をしてでも登りたくなった。だがやはり難しくてどうしても登れない。足もとを見ると、右側の岩壁は三〇〇メートルぐらい切れ落ちている。ここから落ちたら死ぬのだと思い、岩をつかむ手に力が入った。実際には、クリストフとロープでつながっているから、落ちても止めてもらえるのだが、そのときは何もわからず、命をかけて登っている気分だった。

ふと思った。わたしは今までこの手でいろいろなものをつかんできた。ペン、お箸、スーパーのレジ袋……。いま、両手でつかんでいるのは、岩というよりはむしろ自分の命なのではないか。そう思った途端に、不思議な感覚がこみあげてきた。緊張感と快感をともなった生の実感とでもいうのだろうか。この瞬間に、わたしはクライミングに魅了された。

難所をどうにか越えることはできたが、頂上は近くなかった。五メートルどころか、三〇メートル以上あっただろう。「あと五メートル」というのは、わたしを励ますための嘘だったようだ。その嘘をうれしく思いながら、なんとか頂上に立つことができた。

登頂のよろこびを味わう余裕もなく、ひどい寒さに急き立てられて下山をはじめた。登ってきたのとおなじ道をたどり、グランモンテ頂上駅にもどった。下りのロープウェイに乗りこむまえに、小ヴェルト峰のほうをふりかえって見た。白い頂上が午後の光をうけて輝いていた。

パリに帰って、ロッククライミングについての本をあれこれ読んでみた。山の岩場まで行かなくても、人工の壁をつかってクライミングの練習をするジムが町中にあることを知った。調べてみると、パリでは南西の郊外に「ミュルミュル」というジムがあるらしい。「ミュルミュル」とは「壁壁」という意味だ。楽しそうな店名であるし、行ってみたくなった。電話で個人レッスンの予約をした。

写真家の名前をとった「ジャック＝アンリ・ラルティーグ駅」でトラムを降りてすこし歩くと、目の前に国鉄の郊外線の高架橋が立ちはだかった。高さ一五メートル以上もありそうなアーチ橋で、そのアーチを六つ使ってクライミング施設が作られているようだ。人工壁を作るには高さ一〇メートル以上の壁が必要であるから、鉄道の高架橋の下を使うというのは良いアイディアだと感心しながら、店のなかに入った。

ベアトリスという女性が教えてくれることになった。レッスンの前にちょっと話をした。わたしが「もう四〇歳をすぎているので、クライミングを始めるには遅すぎるかもしれませんが」と言うと、ベアトリスは「あなたはプロのクライマーになりたいの」と逆にたずねてきた。「まさか」。「それなら遅すぎることはないわ。六〇歳になって始める人だっていますよ」と、にっこり笑った。そしてロープの「8の字結び」のやりかたを教えてくれたあと、高さ一〇メートルの垂直の壁の前にわたしを連れていった。壁には手で持ったり足を置いたりするための「ホールド」がたくさん取りつけられている。

ベアトリスは、わたしに自分でロープを結ばせると、「さあ、いちばん上のゴールまで登って」と言った。わたしが「人工壁を登るのははじめてなので……」とためらっていると、「とにかく登って」と容赦なく言う。しかたなく、なんとか半分くらいまで登って、下にいるベアトリスのほうを見た。わたしは高所恐怖症なのだ。だんだんと怖さが増してきていた。もう下りてもいいですかというような哀願する目で見たが、ベアトリスは「とにかく上まで登って」とあいかわらず容赦ない。上まで行かないかぎりは許してもらえないとわかったので必死で登った。

登るのは難しくなかったが、ひたすら怖かった。なんとか登りきって、おそるおそるベアトリスを見おろした。その瞬間にふしぎなことが起こった。それまでの怖さがすっと消えたのだ。


三月になり、わたしはまたシャモニーへ向かった。岩を必死でつかんだときのあの感覚をふたたび味わいたくなったのだ。

小ヴェルト峰に連れて行ってくれたガイドのクリストフに連絡をして、「ガイヤンの岩場」で教えてもらうことになった。

ガイヤンは、シャモニーの中心部から二キロメートルほど離れたところにある大きな岩壁群で、クライミングの練習をするためにたくさんの人が集まってきている。明るくひらけた巨大な正面壁が遠くからでも目をひく。すこし奥に行くと、森林にかこまれた静かな岩壁がある。さらに奥まったところには野趣あふれる荒々しい岩壁など、たくさんのクライミングエリアがあって、難易度も初心者向けから上級者用まで、たくさんのルートがある。自動車道路からもよく見える正面壁がいちばん広くて人気があり、向かって左側が高さ七〇メートルの「大ガイヤン」壁、右側が四〇メートルの「小ガイヤン」壁である。正面壁の前は広々とした草地になっており、家族連れがピクニックをしたり、ハイキング帰りの客が休憩したりして、朝から夕方まで楽しくにぎわっている。

「大ガイヤン」に登ることになった。岩にさわるとうれしくなった。つつみこむような暖かさがあるので、もたれかかったり、抱きついたりしてみる。夢中でいくつかのルートを登った。最後に七〇メートルのルートを登り、岩壁のいちばん上に張り出している岩棚にすわって休憩をした。

はるか遠くまで見わたせる。眼下には、緑の林にかこまれたガイヤン湖と、点在する家々。正面には、雪をかぶった峰々や氷河がきらきらと輝いている。そしていちばん奥には、丸くてどっしりとしたモンブラン。岩棚の上から見るながめは、ハイキングの途中で目にする景色よりもずっと近くて鮮やかなような気がして、七〇メートルの岩壁の上にいることも忘れて見とれていた。

ふと気がついて、「わたしは高所恐怖症なのに、ぜんぜん怖くないのはどうしてだろう」とつぶやいた。横にいるクリストフが言った。「それは、ここまで登ってきた自分と岩壁を信頼しているからですよ」。思いがけない贈り物のような言葉だった。その言葉をとおして、クライミングのよろこびが身体にしみこんできた。

「ミュルミュル」でベアトリスに教えてもらったときのことを思い出した。登っているあいだじゅう怖かったのに、いちばん上のゴールに着いた瞬間に怖さがすっと消えたのだった。あれは、登りきった自分への信頼が生まれたからだったのか。ベアトリスにはそうなることがわかっていて、だから容赦なく「とにかく登って」と繰りかえしていたのかもしれない。


一〇日間のシャモニー滞在のあいだに、いろいろな岩場に連れて行ってもらった。岩壁ごとに岩の感触が異なっており、痛くて握れないような岩もあれば、持つとはがれ落ちる岩もあった。岩と対話して、岩の性質におうじた持ちかたをしなければならないことを学んだ。

シャモニーの岩壁は、片麻岩と花崗岩が多い。花崗岩を原岩として変成した片麻岩も少なくない。

ごく最近のことだが、甲斐駒ヶ岳に登ったとき、頂上直下の岩場で岩をつかんだ瞬間に、あ、シャモニーの岩だ、とうれしくなった。甲斐駒ヶ岳の岩は白っぽい花崗岩であり、シャモニーの岩は赤茶色や黒っぽい色をしているので、見た目はまったく異なっている。つかんだとき、手のひらの記憶がよみがえって、シャモニーと甲斐駒ヶ岳の原岩が似ていることに気づいたのだ。記憶は手のひらにも残されているらしい。

どこの国の岩壁であれ、どのような岩肌であれ、登る前にこれから登るルートを下からよく見て、どの岩の突起に足をおき、手でつかむのかをあらかじめ考えておかねばならない。その行為をフランスでは「レクチュール」と言う。レクチュールとは、読書とか読解という意味なので、本に結びついていることが何となくうれしかった。ふたつの岩面が凹状に合わさっているものは「ディエードル」と呼ぶ。ディエードルとは「本を開いて立てた形」という意味らしいから、これも本の比喩だと、またうれしくなった。

クリストフはしばしば「現在への集中」という言いかたをした。岩壁を登っているときには、過去（ここまでどんな岩壁だったか）も、未来（このあとどんな岩壁になるのか）も関係がない。いま、この場所でどのようにからだを動かすかだけが問題なのだ。この「現在に集中する」という言いかたはとても魅力的だった。

聖アウグスティヌスを思い出した。『告白』のアウグスティヌスにとって、過ぎ去った時間とは「もはやない」ものであり、来るべき時間は「まだない」ものであり、現在だけが「真にある」ものだ。だから彼は、現在の生に集中して生きたいと願ったのだった。クライミングもそうだ。現在だけを考えて登ってゆくしかない。過去や未来のことを考えなくともよいというのは、生における救いの時間のように感じられた。現在だけを生きるという行為にわたしは魅了された。

パリにもどった。日本に帰国する数日前にもういちど「ミュルミュル」に行ってみた。その日に教えてくれたのはステファヌという青年で、民俗学を専攻している大学院生だった。「身体には身体の思考があるから、頭で抑えつけてはならない」というのがステファヌの持論だった。

この「身体の思考」をわたしはクライミングをつづけるなかで時おり感じることになる。たとえば、右上の岩をつかみたいけれど少し遠くて手がとどかないとき、その岩を見つめて「あれをつかむんだ」と必死に手をのばしても、どうしてもとどかない。だが岩を見ることをやめて、頭を左下に向けて力を抜くと、右肩が上がるので、ふしぎにも手が岩にとどいてしまう。頭で考えすぎないようにすると、身体がのびやかになる。それがステファヌの言う「身体の思考」なのだ。わたしは、クライミングをつうじて、はじめて自分の身体を発見した気分になった。

登り終えたあと、ステファヌとすこし話をした。「どうしてクライミングに興味をもったの」とステファヌがたずねる。わたしは、岩をつかんでいるときの「生の実感」や「現在への集中」の感覚がすきだから、と答えた。ステファヌは「ぼくは岩との一体感というか、自然のなかに溶けこんでいる感覚がすきだなあ」と言った。

山道を歩いているときは、壮大な自然のすがたを前にして、自分の存在が希薄になるというか、小さなものにすぎないと感じることがよくある。それは自己滅却のような感覚であり、そう感じる瞬間はとても心地よくて、自分自身が溶けて透明になってゆくような気がする。だが岩に登っているときには、逆につよい自己存在意識がわきあがってくる。自分は岩に生かされており、自然のなかで岩と自分だけが存在し向きあっていると感じる。それがステファヌの言う「岩との一体感」なのかもしれない。

医師で登山家のアンヌ゠ロール・ボックは、その『頂の陶酔』という本のなかで、クライミングをしているときは「手いっぱいに世界をつかんでいるのだ」と述べている。それもまた岩との身体的な一体感を語っているのだろう。

そんなことを考えながら、わたしは帰国した。それからは、しばしばシャモニーに行ったり、日本でも山を歩いたり岩に登ったりするようになった。いろいろな人の言葉によって導かれてきたのだと思う。

シャモニーのガイド組合での「いや、行けるよ」という言葉ですべてがはじまった。そして「あと五メートルで頂上だ」という励ましの言葉。ベアトリスの「とにかく上まで登って」という容赦ない言葉。クリストフの「現在への集中」や「自分と岩壁への信頼」といった、生きることにむすびついた強い言葉。ステファヌの「身体の思考」や「岩との一体感」という自己発見の言葉。ボックの「手いっぱいに世界をつかむ」という自己存在を肯定する言葉。

言葉からもっとも遠いように思われる山という世界で、山を生きる人たちがときおり口にする言葉は、心と身体にしみこんで、山や岩壁へとさそうのである。

シャモニーの町の中心部にある「メゾン・ド・ラ・プレス」は、魅力的な書店である。山にかんする、ありとあらゆる出版物が置かれている。登山やクライミングのガイドブック、山岳地図、山が舞台となった小説やエッセーなど、何でもそろっている。地元の出版社「ゲラン」の本も数多く置かれており、店の奥の一角をしめている。ゲラン社の本は画集サイズの大型本からポケットサイズの本までいろいろあるが、どの本も緋色の表紙につつまれており、遠くからでも目をひく。山と文学を結びつける内容の本が多く、『ユゴーとモンブラン』、『ジョルジュ・サンドの四つの山』、『ジョン・ラスキンと地上の大聖堂』、『氷海のフランケンシュタイン』など、興味ぶかいタイトルの本がたくさんある。シャモニーに行くたびに、今年のゲランの新刊は何だろうと楽しみである。

メゾン・ド・ラ・プレス書店は、山にかんする本であればどんな小さな出版社のものでも置いているので、ほかの書店では見たこともない珍しい本に出会うこともしばしばだ。そのひとつが、ジャン・サレンヌの『三人の司祭、山に登る』だった。小説というよりは回想録にちかくて、実際にアルプスの山村の司祭だった人が、ジャン・サレンヌという筆名で、山に魅せられた自分の青春時代を語った本である。

一九三六年のことだった。そのころジャンはグルノーブルの神学校の寄宿生だった。ある日、友人がジャンの部屋に来て、『山』という雑誌を置いていった。ジャンは関心がなかったが、ぱらぱらとページをめくっているうちに、ある記事のタイトルが目に入った。「レルフロワド峰の北西壁、議論の余地がない」。ジャンは驚いた。山における何が「議論の余地がない」というのか。本文を読んでみた。

「レルフロワドの北西壁は、ドーフィネ地方の未登壁のなかでもっとも恐ろしいことで知られており、したがって登頂はほとんど困難の極みだとみなされていた。」

「そのすばらしさは、何といっても議論の余地がない。」

ジャンは、「議論の余地がない」とか「困難の極み」といった表現に魅きつけられた。その記事は、数か月前に二人のアルピニストによってなしとげられた北西壁の初登頂の記録であった。ジャンは夢中になって読んだ。もはや寄宿舎の自室にいるのではなく、登頂者たちといっしょにレルフロワドの大岩壁にいる気分だった。

独特な表現に魅きつけられて山に興味をもったジャンは、やがて自分も登山やクライミングをしてみたいと思うようになる。まずはスキーを練習することにした。道具や衣類を買いそろえ、スキー板を借りて、グルノーブルから遠くないベルドンヌ山脈の南端のシャンルッスという町に出かけて行った。町はずれの宿泊所に行き、そこでスキーをつけて山を歩いて登り、山頂から滑り降りてくるのである。

宿泊所の外では、数十人の少年少女がスキーをつけているところだった。リーダーが「クロワに向かって出発！」と叫んだ。「クロワ」とは十字架のことであり、山頂に十字架が立てられていることから、「クロワ」という山名になったのだが、ジャンはそのことを知らなかった。横にいる人から「あなたはどこへ登るのですか」とたずねられて、思わず「クロワです」と答えてしまう。さらに「クーロワールから行くのですか」と言われて、ジャンは動揺する。「クーロワール」とは、山においては巨大な岩溝をさす言葉であるが、普通のフランス語では廊下のことである。「クーロワールからクロワへ行く」とは、たんに登山の道筋と目的地を言っているにすぎないのだが、神学生であるジャンは「廊下を通って十字架に至る」という意味に解し、それゆえ動揺したのだった。十字架にいたる廊下とは、いったいどのようなものなのか。

普通の言葉とは異なる意味をもつ山の言葉は、神学生のジャンにとっては驚きの連続だった。驚くたびに山の世界にますます魅かれていった。やがて彼はスキーに熟達し、その一〇年後に山の司祭に任じられて、登山やクライミングをするアルピニスト司祭になった。このジャンの物語は、言葉が大きな力をもって人を山にいざなうことを示していると言えるだろう。

わたしもジャンのように、山の言葉に驚かされたことがなんどかある。

「赤い針峰群」の岩場に、早朝からクライミングをしに行ったときのことである。赤い針峰群は、シャモニーの町をはさんでモンブラン山群と向き合っている。岩場からは白いモンブランの頂がくっきりと見えて美しい。山に見守られているような気分で楽しく登っていると、ガイドのエリックがつぶやいた。「モンブランにロバがいるから、きょうは早めに帰ったほうがよさそうだ」。「モンブランにロバがいる」と聞いて、わたしはモンブランの雪の斜面をロバが列をなして歩いている光景を思いうかべた。まるで童話の世界みたいだと思いながら、どういうことですかとたずねてみた。「ロバ」とは、どうやらモンブランの上にかぶさる雲のことらしい。その雲が現れると、天候が急速に悪化するのだという。

日本でも、「富士山が笠雲をかぶれば雨が降る」と言われていることを思い出した。「笠雲」と言ってくれればどのようなものかわかるのに、「ロバ」ではわからない。ロバのお尻のアーチ形をした雲だからそう呼ぶのだろうか。とにかく、天候悪化という命にかかわる前兆を「ロバ」とよぶとは、おもしろいというべきか、理解に苦しむというべきか。「ロバ」の雲が何層にも重なっているときには「重ねた皿」と言うらしい。

「ロバ」は、シャモニーの人びとが普通につかう言葉のようである。山岳ガイド組合のある「山の家」の二階の展示室に行くと、壁一面にさまざまな雲の説明がなされており、「モンブランのロバ」についても詳しく書かれている。

「ロバ」は小説にもよく登場する。たとえばフリゾン＝ロッシュの『結ばれたロープ』では、まさに死の予兆として「ロバ」が描かれている。ガイドのジャンが、助手のジョルジュといっしょにアメリカ人の登山客をつれてドリュ峰に登ったときのことだ。はじめは調子よく登っていたが、あるときジャンがジョルジュに耳打ちする。

「『赤空に気がついたか、ジョルジュ。天気が悪くなってきているぞ。さっきは赤空で、いまはモンブランにロバだ』。西風に吹かれてきた帽子形の雲が、荘厳なる山頂を覆ったところだった。空にひとつだけ浮かんで、こんなふうに山の王者にぶつかる雲のことをガイドたちはよく知っていた。この地方では、その奇妙な形から『ロバ』と呼んでおり、短時間のうちに天候が悪化することを意味していた。」

このあと、物語では「ロバ」は雷と雪をもたらし、ジャンは雷に打たれて死ぬ、という悲劇が起こることになる。

雲は、山へ登る人にとっては命にかかわる天候の指標である。さまざまな雲のなかでとくに危険な雲を「ロバ」や「皿」といった身近なもので表現していることに、わたしはあきれたり、さすがシャモニーだと感心したりした。

シャモニーでは、何人もの高山ガイドに岩場に連れて行ってもらった。草花や動物に目をとめて名前や特徴をおしえてくれる自然派のガイド、ひたすら難しいことをやらせようとするスパルタ型のガイド、大学の法学部を出たあとに山の世界に入ったという求道的なガイド、見知らぬ登山者にも注意したり教えたりする教育的なガイド。どのひとも魅力的な個性をもっていた。

ある日、クリストフと山ぶかい岩場に行ったときのことである。岩壁までの山道が険しくて歩きにくかったので、クライミング道具などの重くて大きな荷物をクリストフが持ってくれた。歩きながら、クリストフが笑って言った。「シャモニーの子どもたちは、おとなから『よく勉強するんだ。勉強したらガイドになれるぞ。勉強しなかったら荷物運びになってしまうぞ』と言われて大きくなるんだ。ぼくはよく勉強をしてガイドになったけど、でもやっぱり、こうやって客の荷物を運んでいるんだなあ」。わたしは思わず吹きだした。シャモニーでは高山ガイドはエリートだ。そのエリートに荷物運びをさせてしまうとは。

山にはさまざまな分野のガイドがいるが、フランスでは雪山や岩壁に登山客を連れて行けるのは、「高山ガイド」の国家資格をもつ人だけである。資格をとるには、シャモニーの「エンサ（フランス国立スキー・アルピニスム学校）」に入学して、きびしい教育を受けねばならない。まず、入学すること自体がむずかしい。すでに充分な技術と知識を有していることを見きわめる試験が一〇日間もつづけられる。合格して入学を認められるのは年に数人だけだという。入学すると、四年から七年のあいだ、きびしい勉強と訓練に耐えねばならない。そして修了試験に合格すれば、ようやく高山ガイドの資格を得ることができる。まさに山の精鋭であり、こうした高山ガイドたちが「シャモニー山岳ガイド組合」を構成し運営している。

このように厳格なガイド養成制度がつくられたのは、第二次大戦後の一九四八年だったそうである。それ以前は、ガイドの養成は慣習的なやりかたで長らくつづけられていた。ガイドを志す者は、まず「ポーター」と呼ばれる見習いになり、先輩ガイドとともに山々に登攀して仕事をおぼえ、数年後に実力を認められると独立してガイドになる、というのが普通だった。だからガイドによって能力の差が大きかった。すぐれたガイドたちは、技術だけでなく強靱な意志と誇りをもっていた。

第二次大戦前にガイドを夢見た若者たちのようすは、フリゾン゠ロッシュの小説に詳しく描かれている。作者フリゾン゠ロッシュはパリで生まれたが、十七歳のときにシャモニーに住みつき、ひとりで山々を歩きまわっていた。そうするうちに町の人たちと親しくなり、有名ガイドからも目をかけられて、いっしょに登攀するようになる。シャモニーの方言や特殊な山言葉も話すようになる。そして一九三〇年に、二十四歳にしてシャモニーの高山ガイドとして認定された。それまでは、シャモニー谷の出身者でなければガイドになることはできなかった。フリゾン゠ロッシュが、はじめてその慣習をやぶったのである。それはもちろんガイドとしてのすぐれた資質と実力をもっていたからであるが、彼がシャモニーの土地の言葉を話す「山の仲間」になったことも大きかったのではないかという気がする。フリゾン＝ロッシュは、「言葉」によってシャモニーのガイドとして認められたと言えるのかもしれない。

彼の作品には、シャモニーのガイドという仕事にたいする強い誇りと愛情がゆたかな表現でつづられている。小説『結ばれたロープ』は、数人の若きポーターたちの物語である。そのなかのピエールとジョルジュは山の事故で心とからだにふかい傷を負ったが、ガイドになるために命をかけた登攀にいどむ。苦闘のすえに登頂したふたりは、「おれはガイドになるぞ」と叫ぶ。そんなふたりにむかって年長のガイドは静かに言う。

「おまえたちはガイドになろうとしている。厳しくて危険だが、すばらしい仕事だ。おまえたちは、人の命をあずかって責任をもつことになるのだ。」

この誇り高きガイドの精神を物語にした小説の冒頭に、フリゾン＝ロッシュは心をこめた献辞をつけている。「シャモニーガイド組合に捧ぐ――ガイドのひとりより。」

フリゾン＝ロッシュのべつの小説『大クレヴァス』も、若きガイドの物語である。すぐれたガイドとして知られるジアンは、パリから来た貴族の娘ブリジットのガイドになった。ふたりでさまざまな山に登り、ブリジットは正確な登攀技術を身につけてゆく。ついにふたりでモンブランに登ることになった。ミアージュ氷原を通り、モンブランの四キロメートルほど西にあるビオナッセ峰を経由するルートを進んでいった。標高四〇五二メートルのビオナッセ峰の頂に立ったとき、ジアンは言った。

「あなたにとって初めての四〇〇〇メートル峰ですよ、ブリジット。これからは、親しい呼びかたで話すことにしましょう。四〇〇〇メートル以上ではそうするのが慣わしですから」。わたしはこれを読んで、やはりそうなのか、とうなずいた。

フランス語では、二人称単数をあらわす語は二つある。ていねいな「あなた（ヴ）」と、親しい「きみ（チュ）」である。家族や友人といった親しい相手とは「チュ」をもちいて話し、それ以外の人とは「ヴ」で話すという一般的な規則があるが、実際には用いかたは複雑で、さまざまな状況におうじて使いわけられる。たとえば学生同士では、はじめて会った人とでも「チュ」で話すことが多い。スポーツのインストラクターも、おなじスポーツをするという仲間意識からか、「チュ」で話しかけてくることが多い。だがシャモニーのガイドは客にたいしてはかならず「ヴ」で話す。なんどもいっしょに登攀してかなり親しくなっても、「ヴ」を変えることはない。

すこしまえに、高山ガイドの仕事について調べていたとき、本で読んだことがあった。シャモニーのガイドは誇り高いので、登山客とはつねに「ヴ」でしか話さないが、標高四〇〇〇メートルを越えると、社会的な立場や身分の違いは消え去るので「チュ」で話すようになる、と。それを読んだときは半信半疑だったが、『大クレヴァス』の小説でもおなじことが語られていたのだ。五〇年以上もまえに書かれた小説ではあるが。

そのころ、わたしはシャモニーで「ヴ」の問題に直面していた。

高い岩壁を登るとき、ルートはだいたい四〇メートルごとに区切られる。まずガイドが四〇メートルほど登って区切りの地点まで行き、そこで自己安全確保をすると、つぎに登ってくる者をロープで確保し、その人が登ってきて合流すると、ガイドはつぎの区切り地点へむかって出発する、ということを繰りかえす。

ガイドが登り始めてしばらくすると、そのすがたは岩に隠れて見えなくなる。だんだんと声も聞こえにくくなる。ガイドたちは「声が聞こえなくなるから、口笛で合図します」と言うのだが、それに応じるわたしのほうは口笛が吹けないので、大声でどなるしかない。「ロープをゆるめて」などと言いたいときも大声を出す。なるべく短い音節の言葉のほうが鋭くどなりやすいのだが、「ヴ」で話すと動詞の活用が長くなって、どうしても二音節以上になってしまう。大声で叫ぶには不向きだ。「チュ」で話せたらいいのに、とずっと思っていた。

そんなとき、クリストフと標高三八〇〇メートルの岩峰に登攀することになった。正確には、三八四二メートルのミディ針峰の頂上近くまでロープウェイで上がり、そこから雪の尾根を数百メートル歩いて下りて岩峰の基部まで行き、岩壁を数百メートルぶん登りかえすというルートである。むずかしいルートであるし、気圧が低いので息が切れて、からだが思うように動かなかった。ずり落ちたりしながら、苦労してなんとか登り終えて、ロープウェイ頂上駅にもどり、カフェで休んだ。

思いきってたずねてみた。「シャモニーのガイドは、四〇〇〇メートルを越えるまでは『チュ』で話さないそうですね」。クリストフは答えた。「年輩のガイドたちのなかにはそんなふうに言う人もいますけどね」。やはり否定はしないのだ、と思いながら頼んでみた。「きょう、三八〇〇メートルまで岩壁を登りました。四〇〇〇メートルには二〇〇メートル足りないけれど、まけてくれませんか。『チュ』で話してもいいですか」。クリストフは大笑いして「もちろん、いいよ、そうしよう」と言ってくれた。こうしてわたしは「チュ」の言葉を手に入れた。それからは、シャモニーでのクライミングがすこしだけやりやすくなったような気がする。

よく晴れて空が真青な日に家にいると、こんな日は、山は気持ちいいだろうなと思う。どこの山の頂上からも、遠くまでくっきりと景色が見えるにちがいない。

おなじことをだれかも言っていた、とふと思い出した。若菜晃子の『街と山のあいだ』という本だ。「一年に数度、たとえようもなく美しい日」があって、そんな日には「街を歩きながら、今日は山はいいだろうなあと思う」と書かれていた。この本は、山のなかを静かに歩くよろこびにみちている。ほかの人の言葉でも、若菜晃子がふれると、心地よい香りがして読む者のからだにしみこんでくるかのようだ。

たとえば、山道でよく見かけるホオノキの落ち葉。白茶色のとても大きな葉なので、よく目につく。見かけるたびに、わたしはホオバ焼きの味噌の香りを思ったり、まわりを見まわしてホオノキをさがし、木の幹は象の足に似ているなあと撫でたりしていた。すると『街と山のあいだ』に書かれていた。詩人の千家元麿が「落葉」という詩を書いており、散り落ちたホオの葉のことを、平安時代の貴人たちが脱ぎ捨てた沓にたとえている、と。若菜晃子は「貴人の沓」という短いエッセーのなかでこう書いている。

「ホオの葉の落ちる道にさしかかると、いつも道の先に、いにしえの美しい衣をまとった人たちが走り去っていくのが見える。」

千家元麿の詩を夢幻的な光景として思いえがき、それを心に残る文章で書きのこしてくれている。それを読んでからは、わたしも山道でホオノキの落ち葉を見つけるたびにここにも貴人の沓が落ちていると見つめるようになった。ときには葉のうえに自分の足をおいて、わたしの登山靴とどちらが大きいだろうと較べたりもする。

山を愛し、山を生きる人たちが、ふと思ったり口にしたりする言葉は、木の葉のようにはらりと肩に落ちてきて、山の風景と香りをゆたかにし、山へといざなうのである。

静かな背中の山と本

二〇年以上まえの冬に、はじめて雪山登山をしたときのことである。シャモニーの高山ガイドのクリストフに「小ヴェルト峰」に連れて行ってもらった。きびしい寒さゆえに苦労はしたが、なんとか登頂することができた。すぐに下山して、グランモンテ峰の頂上駅にもどった。そこからロープウェイで二〇〇〇メートルあまりを下って、シャモニー谷にもどるのである。

下りのロープウェイには客はひとりもいなかった。冬なので上りのゴンドラはスキー客で満員だが、ロープウェイで下山する客などいない。五〇人以上も乗れそうな大きなゴンドラには、運転係員とクリストフとわたしの三人だけだった。

係員とクリストフは知り合いらしく、乗りこみながら何か話しこんでいた。わたしはすこし憂鬱になった。ゴンドラのような閉鎖空間で、知り合いを見つけたフランス人がどれほどしゃべるか、よくわかっていたからである。沈黙を恐れるかのように話しつづけるはずだ。わたしは用心して、ゴンドラのなかでもふたりからいちばん遠い最前部の位置に立った。ガラス窓に顔を押しつけるようにして、ゴンドラが下るにつれ変化してゆく雪景色をながめていた。

ふと気がつくと、何の話し声もしない。どうしたのだろうと振りかえると、運転係員はゴンドラ最後部寄りの右端に立ち、クリストフは中央部の左端に立って、ふたりとも黙ってガラスごしに山の景色をながめていた。係員はゴンドラの右手のほうを、クリストフは左手のほうを見ているので、背を向け合うかたちになっていたが、けっして気まずい雰囲気ではなかった。たがいの存在を尊重しているといったふうで、ごく自然に、おだやかな表情で山々をいとおしむようにながめていた。わたしはふたりの静かな背中と横顔を見て、人がこんなふうに生きているシャモニーはいい町だなと思った。

ふたりのすがたを見てシャモニーが好きになり、しばしばおとずれるようになったのかもしれない。黙って山をながめるふたりの背中と横顔は、山への思いを声に出すことなく語っていた。その沈黙の背中がわたしを山へ呼びつづけているような気がする。

そんな背中を五〇年以上まえにも見ていた、とふと思った。父の後ろすがたである。父は植物学者で、週末になると山を歩きまわって草花を採集したり、写真を撮ったりしていた。無口なひとで、どこへ行くとも言わずに黙って登山靴をはき、帽子をかぶってひとりで出かけていった。子どもだったわたしは玄関に立ち、リュックを背負って遠ざかる父の後ろすがたを見つめていた。

父の書斎には、植物学の本のほかに、山の本もたくさんあった。それらの本には山々や草花の美しい写真がたくさん収められていたので、父の留守中にわたしはよく書斎に入って、花や山の写真をながめて楽しんでいた。なかでも『山とお花畑』という本が好きだった。かわいらしいタイトルにもかかわらず、百科事典よりずっと重く大きくて、子どものわたしは本を箱から取り出すのにも苦労をしたが、飽きずにしょっちゅう本を開いてながめていた。あるとき、綴じ糸が切れて、本がぱかっと二つに割れてしまった。あわてて箱にしまい、だれにも言えずにいた。父はあとで気づいたにちがいないが、やはり何も言わなかった。

数十年ぶりにその本を見たくなった。実家を片づけたときに段ボール箱に入れたままにしておいたのを、押入れの奥から捜し出した。段ボール箱から取り出そうとすると、やはり重くて出しにくかったので、重さをはかってみると二・五キロもあった。子どものときに苦労をしたはずだ。もとは三冊だった本を無理に合本にしたものらしく、細い綴じ糸が切れたのも、しかたのないことだった。

田辺和雄『山とお花畑』、高陽書院、一九六一年刊。

分厚い本の三分の一以上がカラー写真になっている贅沢なつくりの本である。北アルプスを中心に、南アルプス、富士山、ヒマラヤやスイスの山々にいたるまで、「山岳」と「高山植物」と「お花畑」という三つのジャンルに分けて写真が収められている。六〇年以上も前に撮られた写真であるが、美しくて、いまでも見とれてしまうほどだ。子どものわたしは、山の名前も場所もなにも知らなかったが、ただ写真をながめて、山は美しいという思いを胸の奥にしまったのだった。今ごろになって気がついた。ひとりで山へ出かけてゆく父の後ろすがたを見送ったあと、わたしもまた、ひとりで本の山の世界に入っていたのだと。

いちどだけ、父が山に連れて行ってくれたことがあった。中学生のときだったと思う。どんないきさつだったか忘れたが、父の友人と父とわたしの三人で、「剣山」のとなりの「一ノ森」という山へ行ったのである。父の背中を見ながら登っていった。苦しい山道だったという記憶はない。子どものわたしは荷物も持たずに身軽だったし、山に連れて来てもらったことがうれしくて、ぴょんぴょん跳ねるように登っていったような気がする。長いあいだ忘れていた景色をだんだんと思い出した。

「一ノ森」の頂上に着くと、さわやかな風が吹いていた。まわりの景色をながめると足もとからまっすぐに山道がのびていた。道は尾根の道なりに下ってゆき、それから上って、そして上りきったところに、丸くておだやかな山頂が見えていた。

「あれが剣山だ」と、父の声が聞こえた。父はそう言ったあと、黙っていた。わたしも黙っていた。「剣山」という名だから、とがった険しい山だろうと想像していたのに、草地の広がる円やかな頂だったので、意外な思いで山をながめていた。

最近になって、『日本百名山』の「剣山」の章を読むことがあった。深田久弥も、「剣山」という名について、「頂上はなだらかな草地で、少しも剣らしいところがない」と不思議に思ったそうである。調べてみて、「安徳天皇の御剣を山頂に埋め、これを御神体としたからだ」とわかった、と書いている。

深田久弥は剣山の頂上に登ったあと、一ノ森のほうから下山している。一ノ森の頂上から剣山のほうをふりかえって見て、「剣山の姿勢はここから望んだのが最上と思われた」とも言っている。一ノ森の標高は一八七九メートルであり、剣山より七六メートル低いだけだから、ふたつの頂はたがいに見つめ合うように対峙している。一ノ森から剣山のほうへ、いったん下って上ってゆく山道のながめがまた目に浮かんだ。

父が『日本百名山』を読んでいたとは思えない。「名山」にはまったく興味がなかっただろう。好きな剣山山系をひとりで歩きまわっているうちに、剣山は一ノ森から見るのがもっとも美しい、と父なりに思ったのかもしれない。だから、わたしに見せてくれたのだろうか。

あの一ノ森登山の日から、五〇年もの長い年月がすぎた。ようやく、「あれが剣山だ」とひとことだけ言った父の気持ちが少しわかったような気がした。

池内紀の『山の朝霧　里の湯煙』の本にも「四国・剣山」という章があり、深田久弥の文が引用されていた。そして池内紀は、剣山の「最上」のながめをぜひ見たいと思って、「お昼は一ノ森と決めていた」と書いている。

ひとりでのんびりと山歩きをするのが好きな池内紀も、『日本百名山』について「べつに百山制覇などには興味はない」と言い切っている。だが「この本の簡潔な描写が好きだ。それぞれの山のいちばんいいところがきちんと書いてある」とも述べている。深田久弥の語る「山のいちばんいいところ」を見たいと思って、一ノ森に向かったのだった。そのときの池内紀は、がんこな父親のような年齢の深田久弥のうしろから、おなじ景色をながめながら歩いている気分だったのかもしれない。

山口耀久の『北八ッ彷徨』という本を夢中になって読んだことがあった。六〇年以上もまえに書かれたエッセー集であるが、まやかしのない澄明な文章が時間をこえて心にしみいり、山についての新たな記憶を芽生えさせてゆくような気がした。

「名山」の登頂をひけらかして語る本ではないし、険しい高峰にいどんだ雄々しい登攀記でもない。山頂からの美しい眺望や花々を抒情的にえがく詩的な山行記でもない。好きな北八ヶ岳のふかい森のなかをひとり静かに散策し、それを歩くようなテンポで語った瞑想的な本である。

「北八ッの山歩きには、かならずしも頂上を必要としないのである。道のない原生林の中をさまよってよろこんだり、森にかこまれた小さな草原で無心な夢とたわむれたり、人のいない湖の岸辺で山の静けさに耳を澄ませたり、要するに登山という構えた言葉よりも、山歩きとか山旅とかいうおとなしい言葉のほうが、このおだやかな山地には、すなおにひびく。」

読んでいると、いっしょに森を逍遥しているような気分になってくる。読み終えて目を閉じると、つい先日、山口耀久のあとについて北八ヶ岳を歩きまわったときの、木々や苔や地衣類のにおいを思い出すような気がして、なつかしい森の香りを胸いっぱいに吸いこんだのだった。

山を静かに愛するひとが書いた文章を読むことは、そのひとの背中を見ながら黙っていっしょに山道を歩いてゆくことかもしれない。

本とは静かな背中なのだろう。

【著者】
石川美子（いしかわ・よしこ）
徳島県生まれ。1992年にパリ第VII大学でフランス文学博士号取得。明治学院大学文学部名誉教授。著書に『自伝の時間』（中央公論社）『旅のエクリチュール』（白水社）『青のパティニール 最初の風景画家』（みすず書房）『ロラン・バルト』（中公新書）など。訳書にロラン・バルト『零度のエクリチュール』『記号の国』『ロラン・バルトによるロラン・バルト』『ロラン・バルト 喪の日記』、ロジェ・フリゾン＝ロッシュ『結ばれたロープ』（以上、みすず書房）、パトリック・モディアノ『サーカスが通る』（集英社）、リュシアン・フェーヴル『ミシュレとルネサンス』（藤原書店）など。

山と言葉のあいだ

2023年11月20日　初版第1刷発行
2024年 3 月20日　初版第2刷発行

著　者　石川美子
発行者　尾方邦雄
発行所　ベルリブロ
〒215-0004 神奈川県川崎市麻生区万福寺 6-3-12-102
電話＆FAX 044-767-2417
bellibro@jcom.zaq.ne.jp

印刷・製本　株式会社 精興社

Printed in Japan
ISBN978-4-9913305-0-6　C0095